橋の上の子ども

陳《チェン》 雪《シュエ》 著
白水紀子 訳

現代企画室

目次

その一　橋の上の子ども　5
その二　一人で映画を見に行く　37
その三　時間を売る　81
その四　私を遠くへ連れて行って　111
その五　雲のユニコーン　155
訳者解説　208

橋の上の子ども

その一　橋の上の子ども

目の回るような忙しさと騒がしさに満ちた市場で、少女は片方の手に紅白のビニール袋を持ち、もう片方の手で客が差し出す商品を懸命に詰め込んでいた。一方の手で代金を受け取り、もう一方の手でおつりを渡す。客と値段の駆け引きをするかと思えば、どさくさにまぎれて商品が盗まれないか気を配り、さらに取締りの警察がやって来ないか遠くにも注意を払う。そんな商売をしている間に、少女は小さい頃からもう、いつでも現実にいる環境から抜け出す方法を学んでいた。人ごみの中に飛び込んで青春まっさかりのおしゃれな服を着た少女に変身し、町をぶらついて買い物を楽しむこともあれば、子どもに変身して仲睦まじい家族にまぎれ込み、父や母に手を引かれたり抱っこされたりして、嬉しそうに「あれ買って」、「これ買って」と、アイスキャンデーや飴を舐めながらしきりに甘えてみることもあった。またある時は、この騒々しい市場を遥か遠く離れて、静かで広々とした神秘的な古い砦に入り、憂鬱で孤独なお姫様になって、白馬に乗った王子様の助けを待つこともあれば、利発な小鳥になって、森の中に飛んで行き歌をさえずり踊りを踊ることも、海中を自由自在に泳ぐ小魚になることもあった。橋の上空に舞い上がり雲の上にあぐらをかいて下界を見下ろすと、彼女の足元に世界がくっきりと浮かんで見えた。二百メートル足らずのこの橋は、二本の賑やかな大通りを繋いでいた。

橋の上には違法に建てられた木造の家が所狭しと並び、橋の下を流れる川を見ようと思えばこれらの家の裏に回らなければならなかった。彼女は買い物に出かける隙にこっそりそこに入り込むのが好きだった。水の中に生えたキノコのように、川の中からぬっと伸びた数本の太い柱に支えられた家が、とても不可思議に見えた。顔見知りの何人かの子どもたちは、まさにこんな家に住んでいた。どれも一様にひどい安普請で、大小不揃いの合板を繋ぎ合わせて居間と応接間と台所と便所に区切り、その中で家族が重なり合うように暮らしていた。不潔で生臭い悪臭が川から家の中に流れ込み、家の排水、ごみ、汚物もまた直接川に吐き出されていた。男たちが大人も子どもも裏の戸を開けてズボンの前のジッパーを下ろし性器を取り出して川に小便をするのは、見慣れた光景だった。橋の両側がこうした家にすっかり占拠されていたので、橋というよりは、大通りの一部が少し狭くなったようにしか見えなかった。当時の豊原の繁華街は、後にマクドナルドの進出のせいで中正路に移るまでは、まだ三民路と廟東と復興路の三ヶ所に分散していて、彼女の両親がやっていた露店は復興路にあった。橋のそばの「竹筒横丁」はとても人気があり、各地の雑貨や飴やおやつ類、洋服、靴、靴下など日用品なら何でも売っていた。店の構えはどこも慎ましくて、狭い路地に何百メートルにもわたって店がひしめき合い、旧正月の春節ともなると大勢の人でごったがえし、きまって押し合いになってあちこちから悲鳴が上がったものだ。彼女は両親の遣いでたびたびここに来て小銭の両替や買い物をした。食べ物や日用品であふれかえる狭い路地にはいつ行ってもなんとも言いがたい神秘的な雰囲気があった。竹筒横丁は彼女が高校一年の夏休みに原因不明の大火事で全焼してしまい、今は公共の駐車場になっている。隣にあった、よく一輪車を押して商売に行った市場も、その時まとめて接収されてしまった。

少女の両親は復興路で商いをしていた。初めは海賊版の録音テープを売っては警察といたちごっこをする移動露天商だった。その後、倒産した工場から廉価で仕入れた布靴、運動靴、テニスラケットなどの転売を始め、さらにいろいろな種類の倒産品を方々からかき集めて来ては売りさばき、しまいには固定の場所を借りて婦人服を売るまでになった。場所は輸入品店の脇の車庫の入り口で、最初の頃は父親が材料を寄せ集めて自分で作ったオート三輪を停め、後ろの荷台部分に服を数メートルの高さに積んで売っていた。少女はしょっちゅう服の中に埋もれて、そこで泳ぐ真似をしたものだが、やがてオート三輪の荷台では足らなくなったので、鉄枠の上に何枚か薄いベニヤ板を敷いてさらに大きな平台を作り、客が台を取り囲んで服を選ぶことができるようにした。少女はしばしば両親と一緒に台の上に立って押し寄せる人の流れを上から眺めたものだった。のちに、家主が車庫を取り壊して粗末なトタン家を建てて貸し出したので、彼らはもう一人、革靴を売っていた伯父とともにその小さな店を借りることにした。店とは言っても、きわめて粗末な、屋根のある露店でしかない物だった。彼らの店は、廉価な服の薄利多売と、他よりも狂気じみた売り方で夜市では知られていた。彼らは「武場」〔京劇で打楽器を鳴らす部分、特に立ち回りの時に演奏される〕と呼んでいたが、叩き売り大会のように大声を張り上げて呼び売りをすることで、店の商売はたいへんうまく行っていた。数年後に家主がトタン家を正式な店舗として改築した時、トタン家には変わりがなかったものの、天井が高く広くなり、家賃も一気に数倍になった。

　小学校から中学校までの長い間、声を張り上げて呼び売りをしたのが原因で少女はいつも喉をからしていた。人々は彼女のもとの声がどんなだったかすっかり忘れ、少女は合唱団に入ることもできなかった。少女の声は本来はとてもきれいで、歌う声も喋る声も甘くて魅力的なはずだった。でもうそんな声は夢の中でしか出なくなってしまった。

喉はイメージする声を出せなかったけれど、頭の中には一つの世界があった。その世界では、昼も夜もひっきりなしに「一つ百元」「三つで二百元」と呼び売りをしなくてよかった。少女の繊細な指は空中で舞いながら、見えない文字、声のない歌を描いていた。少女は小さい頃から早々と、現実の世界から抜け出す方法を知っていた。まだ作家ではなかったが、すでにその片鱗をのぞかせていた。頭の中には物語がたくさん詰まっていて、想像と虚構が生き延びる方法だった。

その日はとりわけ長い一日だった。カートを押して大勢の人で混雑する空港のロビーを通り抜け、マレーシア航空のカウンターで荷物を預けて、座席番号を確認し、手続きをすべて終えたのは二十三日の夕方だった。見送りにきた友達とハンバーガーを食べながらくだけたお喋りをして、八時四十五分には待合室に入った。私と同じ中正空港〔二〇〇六年桃園国際空港に名称変更〕から飛び立つ様々な国籍、民族、肌の色、年齢の乗り継ぎ客の後について、一列に並んで搭乗ゲートをくぐり、窓のない密閉された狭くて長い通路を抜けて機内に入った。九時三十分、飛行機は離陸態勢に入り滑走を始めた。その後ぐっすり眠っている時とぼうっとしている時の間に二回ほど味気ない機内食を食べて、胃薬と精神安定剤を飲み、ワインを飲み、何本か映画を見た。それから何時間か意識が飛んだ間に時空の交差する夢をいくつか見て、目が覚めるとまたコーヒーやジュースを飲み、隣の席のマレーシアの少女と少し話をし、リュックから小説を取り出して気ままにページをめくった。十数時間の飛行中に私は何度も席を離れて通路に立ち、体を動かした。長い飛行の後、ようやく着陸したが、飛行機との接続通路の故障のためにしばらく待たされてしまった。やっと機内から出てびくびくしながら税関を通り、またカートを押して入国ロビーに入った。腕時計を持っていなかったのでどれくらい時間がたったのかわからない。まだ空を見ていないので、季節の変化を見分けることができなかったけれど、かなり薄手の格子柄のノースリーブのワンピースしか着て来なかったので、肌寒く感じられた。カートを押してスロープに出ると、耳慣れた声が聞こえて来た。「おチビさん、ここだよ!」

顔を上げるとすぐにあなたが見えた。

記憶よりも一回り小さく見えるあなたは、手紙でもずいぶん痩せたと書いていたが、白地に青の細いストライプのシャツ、濃い青色のズボンにスポーツシューズを履いて、髪をとても短くしていた。遠くからでもすぐにはにかんだ笑顔が見えた。本当にあなただ。記憶の中のあなたと同じだ。

まだ二十三日の夕方だった。もちろん時差のせいだが、なんだか夢を見ていて、夢の中であなたに会っている気がした。あなたの車に乗り、スピードを上げて走りながら、その間ずっとあなたの手を握りしめていた。たくさん話がありすぎて言葉にするのももどかしく、ひたすら笑ってばかりいた。車が疾走するにつれて徐々に気温が下がって来た。突然、ラジオから「ただいまロサンゼルス時間午後六時半です」という声が流れた。華人放送局の司会者は標準的な中国語を話していた。私は心の中で一度復唱し、それからにこりとした。

そう、私は台湾ではなく、ロサンゼルスにいるのだ。あたりまえのことなのに、この間の時空の転換をうっかり忘れていた。まわりをぐるりと見渡すと、確かに高速道路の道路標識はどれも英語だったし、隣を走る車の運転手もほとんどみんな白人だった。一つのキーを押し、送信。私は毎日こうやって電子メールをあなたに送った。あなたもほぼ同時にそれらを受け取り、そして私の電話が鳴り出し、あなたの声がはっきりと伝わって来た。私たちが存在するのはこのような一つの世界。遠く離れていても、互いの声が聞こえるみたいに、キーを一つ押しさえすればすぐに私をあなたの所まで運んで行くことができた。

私たちはとぎれとぎれに話をした。あなたが私をご飯に連れて行くと言った。私は朝食をすませたばかりだったのに、もう夕食を食べることになった。あなたは片手運転をやってみせ、もう片方の手で私をしっかり握りしめた。それは、もうすぐお別れというあの日、あなたの車で学校に行く途中、私の涙をぬぐうために左手で忙しくハンドルを回しギア操作をして、あいた右手で素早く私の頬を撫で手を握った時のようだった。でも本当は別れたりしなかった、そうでしょう？　あの日学校に行く途中で私が泣き出すとあなたは車をUターンさせて家に戻った。道すがらたくさんの車が私たちと反対の方向に遠ざかって行くのを見たあの時は、そのまま今のこの瞬間に繋がっているのだ。私たちは一緒に夕食を食べに行こうとしている。今までの数か月はまるで存在しなかったみたいに。たくさんの昼と夜に私は猫を抱いて一字一句キーボードを叩きあなた宛ての手紙を書いた。数百通のメール、雪が舞うように洪水のように次々と届くとあなたが笑いながら言った私の手紙は、マウスを左クリックすれば高速でざっと読み飛ばすこともできれば全部削除することもできた。でもそういうすべての過程は、もうまるごと消えてしまったようだった。あの夜と昼、離れ離れの日々。八時間の時差は、時刻に直すと、たとえばあなたの側が夜の十二時なら私の側は午後の四時になる。だから「こんばんは」と言うべきか「おはよう」と言うべきか挨拶に迷ったし、あなたの方も私が食事をすませたかどうかわからずいつも困っていた。私はあなたと電話で話をしてからではないと一日が始まらないほどだった。錯綜した時間、重なり合う記憶が、あなたの見慣れた動作の中に消えて行く。

私は台湾にいるのでもまたロサンゼルスにいるのでもなかった。飛行機に乗りはしなかったし飛行機を降りもしなかった。単に時差のせいではなく、ずっと意識がぼんやりしていた。あの時あなたの部屋に何を置き忘れたのか、この時台湾の空港に何を忘れたのか、行き来する間に、意識は絶えず膨張と収縮を繰り返し、あなたが遠くになったり近くになったりして、消えたかと思うとまた突然現れたりした。出国ロビーと入国ロビー、都市と都市、空港と空港、カートとカート、パスポートとビザ。二十三日はプロットで繋がることも時間の流れに沿って並ぶこともせずに、同じ物なのに違う文字が書かれた物と、順序が逆の動作によって、切り貼りされてできていた。

夢と現実はもはや境界がなくなり、時間は増えたり減ったり、伸びたり縮んだりして、私が飛行機に乗ってあなたがいる町に着いた日は、とても長く、そしてこの上なくシンプルだった。

ベッドのそばの暗いフロアスタンドの薄明かりの中で、あなたは私の顔を撫で、布団の中は私たちの匂いであふれていた。あなたは言った。「君のこと、よく知っているようで本当は何も知らないんだなあ。到着まで長々と待たされた時は、すっかり慌ててしまった。さあ、何か話をして僕を君の世界に連れて行ってくれないか」

よく知っているようで何も知らない。世界に対して私はずっとこんな感覚を持っていた。あなたの前でもそうだ。あんなにたくさんメールを書き、あんなにたくさん電話をしたのに、私たちは実はちっとも親しくない、そうなんでしょう？　私はおそらく誰とも本当には親しくなれないのだと思う。あなたにとって私はただの小さな女の子にすぎず、どうやってあの不思議な物語を書いているのか想像もできないだろう。他人にはどの角度から見ても私は変わった女の子だった。年老いた魂を子どものような体の中にしまい、三十歳の私は当然大人の女になっているはずだった。でも親密な時ほど恋人はいつも私を子ども扱いにした。あなたもそう。かわいい妹、おチビさんと呼び、私は本当に子どもでしかないようだった。それなら私は橋の上の子どもの話をしよう。再会の夜、一つの物語をして、数か月の空白がそんなに辛いものではなかったと思えるようにしよう。物語をする夜だから、これまで本の中に書いたような、他人に私の性的指向、政治的態度、私生活などを詮索させる奇抜な愛情小説ではなくて、私自身のことを話してみたい。これから話すので聞いてほしい。

たぶん十歳の時。あるいはもっと小さかったかもしれない。あの頃の父と母は豊原の復興路の橋のそばに露店を広げて録音テープを売っていた。もちろんほとんど海賊版で、まだCDはなくカセットテープばかりだった。カセットテープは大小二種に分かれていて、大きいのはビデオテープほどの大きさで今では見られなくなったが、小さい方はもちろん今でもまだ買える普通の録音テープだ。鉄枠を支柱にして台を組み、上に長さ二メートル、幅一メートルくらいの板を敷き、その上にビニールシートをぴったり張って、さまざまな録音テープを山ほど積み重ねて並べた。母はいつも注意深くいちばんよく売れる物、自分が好きな物、売り出されたばかりの物をジャンル分けして目につく所に並べたが、父の方はどのみちすぐに客がひっかき回すのだからとテープがごちゃまぜになるのに任せていた。一つの橋の両端で、父は左側、母は右側に露店を出し、露店の特色も違えば商売のやり方も違った。間に二百メートルの距離を隔てて、両側からやって来る人の流れをうまく抱き込むことができ、一人たりとも見逃さなかった。その頃は民国七〇年前後〔一九八〇年代初め〕で、経済がちょうど上向きになった時期にあたり、商売は非常にうまく行っていた。私の仕事はプラスチックの小さな手押し車を押して橋の上を往復することだった。商品の補充、客の呼び込み、使い走りや雑用などをやるついでに、大きな声を張り上げて呼び売りをした。父が、「母さんの所に行って誰それのテープを十本持って来い」と言うと、右手に向かって走り出す。はぁはぁ息を切らして母の所まで行って、急いでテープを手押し車に載せるのだ。母が、「父さんにお金をくずしてもらっておいで。十元、五十元どっちもね。ついでに父さんにトウガン茶を、戻って来る時に母さんにはビーフンスープを買って来てちょうだい」と言うと、私は飛ぶように一輪車を押して左側へ向かった。

　客が増えて来ると、露店を囲む人で水も漏らさぬ状態になった。私は背が低かったのでこの人ごみの中に割り込むには何倍も時間がかかった。特に手にコップいっぱいのトウガン茶を持っている時は人に押されてこぼしはしないかとはらはらした。そのうえ、どさくさにまぎれて盗みを働く者がいないか注意深く目を光らせていなければならず、両目をくるくるさせて懸命に目を大きく見開いていた。時には人ごみをかき分けて出たり入ったりしながらてきぱきとおつりを渡したり包装を手伝ったりした。いちばん怖かったのは警察が来た時で、私はまず先に警察に近いほうの露店の片づけを手伝い、それから急いで走って行ってもう片方に叫ぶのだ。「警察が来た！」道沿いにこう叫ぶと、橋の上でいろいろな衣類、雑貨、果物、野菜、軽食を売っていた人たちも、まるで泥棒が反対に略奪にでも遭ったように、肝をつぶして声を上げながら大急ぎで露店をたたんだ。賢い客はこの機に乗じて買いたたき、いつも捨て値で買って行った。もっとたちが悪いのは、これ幸いと品物をつかんで逃げる客だ。ときどき私はこういう金を踏み倒す悪い客を追いかけてやることもあった。追いつくとその人の服を素早くぎゅっとつかんで大声を上げた。「お金払ってよ。お金払わないで品物を持って行くのは、泥棒でしょ！」必死につかんで離さずにいると、高くて通る声のせいで大勢の人がまわりに集まって来たので、一度だってお金をもらいそこねたことはない。

おかげで私は橋の上ではかなり名前を知られていて、橋沿いで食べたり飲んだりするのにお金を払う必要はなかった。どの露店に寄っても、おじさんやおばさんたちは私のほっぺたをつねってお利口だねと言うか、そうでなければ自分の子どもたちの前に連れて行って褒めちぎった。「このお姉ちゃんはお利口さんなんだよ、お金を稼ぐのを手伝うし、勉強もできるんだからね」もし私がその子たちにしょっちゅう飴をあげていなかったなら、きっとみんなの目の上のたんこぶになっていたに違いない。

私は警察もコソ泥も怖くなかったが、雨が降るのは怖かった。

雨の日は商売ができないので、誰も気が滅入った。もっと嫌だったのはもともと晴れていたのに、商売半ばで急に強い雨が降り出すことだった。こんな時に機転がきかないと、人が濡れネズミになるだけでなく、大事な商品が湿ってしまう。録音テープのような物は一度雨に濡れたらおしまいだ。次の日にもちろん最上階のベランダに並べて日にあててはいたが、問題は、聞くことができても、包装紙が一度水に濡れると色があせてふやけてしまい、ひどい姿になってしまうことだった。そんなテープは安値で売りきってしまうしかなく、時にはただでおまけにつけることさえあった。

数日続いて雨が降ると、父と母は必ず口喧嘩をした。この通りではどの家でも起こることだったけれど、我が家はとくにひどかった。家に借金があったため、商売ができなければ利子が払えず、金貸しがすぐさま家まで押し掛けて来て返済を迫った。そのため村のみんながあることないこと噂をするので、どうしても機嫌が悪くなってしまうのだ。私は小さい頃から空を見ながらご飯を食べ、空模様を窺う習慣が身についてしまった。夏休みになるとみんなは喜んだが、私は少しも嬉しくなかった。夏休みは台風が多く、台風が過ぎるときまって大雨が降るか、長雨が綿々と十日以上も続く。私はどこにも行けず、毎日空を見上げてぼんやりしていた。天気よりももっとどんより暗い両親の顔を前に、わけもなくただ落ちつかなかった。

年越しも嫌いだった。年越しの時は売れ行きがよくて、お札が洪水のようにどっと流れこんで来た。父と母の腰に提げた布袋はお札でパンパンに膨れ上がった。しかし忙しかった。忙しすぎて食事も睡眠の時間もなく、私は走り続けて両足が棒のようになり、喉も声を出しすぎてかれてしまうのだった。大人というのは実に不思議なもので、商売がうまく行かないと心配し、うまく行っていても癇癪を起こす。ときどき忙しくて手が回らなくなると両親は喧嘩を始めるのだが、二百メートル離れていても喧嘩ができた。母は父がある品物の補充をしなかったから買えない客が出てしまったと非難し、父は母がいつも自分の好きな曲ばかり選ぶから売れないし儲けが少ないと非難した。時には非難がいつのまにか私に向かい、まだ幼いから一人で別の場所に露店を広げられない、おかげでそこでうまく商売をやっている人にこっちの客をたくさん持って行かれたと非難するのだった。これらはどれも私をメガホン代わりにして言っていたので、私は巧みに感情的な言葉はできるだけ伝えないようにしていたけれど、後で叱られるのはほとんど私だった。

私の家は一度も家で料理を作ったことがない。毎日セルフサービスの麺屋台で食べていたので、食事の時間帯を過ぎるとまったく食べ物がなくなっていることもあり、そういう時は適当にビスケットやパンを買ってやり過ごした。私は小さい頃から好き嫌いが激しくて育てにくかったそうだが、こんな不規則な食生活のためにますます顔色が悪く体が痩せてしまった。それで大人になっても体つきはまだ子どもみたいで、少しも女らしさがなく、まさに発育不全の小娘だった。

「そんなに小さい時から商売をやって金を稼いでいたというのに、いまだに現実感が全然ないのはどうして?」あなたは私に尋ねた。

「現実感」という三文字を耳にして、思わず噴き出しそうになった。あなたは私の橋の上の子どもの物語を夢中になって聞いていた。哀れんでいるのか愛しんでいるのかわからないけれど、その子の痩せっぽちの体が人ごみの中を出たり入ったりしている姿が本当に見えているみたいに眉をひそめていた。

あるいは小さい頃から生活のために奔走し、世間の苦難も陰険さも見つくしてしまったせいかもしれないが、私はむしろ金銭や財産に対して生理的に拒絶反応を示してしまう。もちろんお金の大切さを知らないことはない。でも実際に私がやったことは、ほとんどお金とは縁がないことばかりだった。

もっと小さかった頃、私はとても幸せだった。父は三番目の伯父が経営する家具工場の大工だった。母は近くの工場で煮炊きを手伝い、家ではいろいろな加工の内職をしていた。服や雨傘を縫ったり櫛を作ったり、とにかく何でもやった。あの時代の私の村はどの家もみなこうした内職をしていた。私は小学校に上がる前にもう家の手伝いができるようになった。あの頃も貧しかったが、しかしそれでも一つの生活があった。だが小学校三年の時に、原因はわからないが、我が家は莫大な負債をかかえてしまい、それからは借金返済のためにどんなことでもした。母は一人で台中へ仕事に行き、祝日に戻って来ては商売を手伝った。父は私と妹と弟の三人と一緒に神岡の田舎に住み、露店を豊原に出して、神岡と豊原の間を行き来していた。私たち三人も両親にくっついて仕事場をあちこち頻繁に行き来した。かなり長い間、私たちには家庭生活と言えるものがなかった。常に台風や雨のために商売ができない可能性があったので、店を出せる時にはできる限りお金を稼ごうとした。だから両親は休みをとったことがなく、毎日目を覚ませば金稼ぎだった。私も勉強など真面目にできるはずがなく、土日と毎月十日と二十五日の給料支給日にはいつも夜市に行って手伝った。中学に上がる年の夏休みからは、一人で市場に一輪車を押して行って物を売り始めた。何でも売った。たとえば録音テープ、布靴、雨傘、子ども服、女物の服、とにかく大人が売れというものは何でも売った。あの頃は幼くて恥ずかしさを知らなかったので、市場の中に露店を広げる場所が借りられない時は、一輪車を押して道の真ん中に場所を見つけて呼び売りを始めるものだから、しょっちゅう附近の露店主にあっちに行けと追い払われた。時には喧嘩をすることもあり、激しいやり合いにもなった。いちばん不思議なのは魚まで売ったことだ。父がどこかから仕入れてきた車いっぱいの呉郭魚〔熱帯性内陸魚。第二次世界大戦後シンガポールから稚魚が入ってきた〕を、私たち三人は市場で三個所に分かれて売ったのだが、朝のうちに全部売り尽くしてしまった。そして指ほどの大きさの売れ残りを家に持ち帰り、まだ覚えているがその日はめずらしいことに、父が天ぷら鍋でその小魚を揚げてくれた。私たち家族全員、精も魂も尽き果てていたので、からっと揚がった小魚を食べながら、うとうと居眠りをした。言うまでもなく、食べ終わったらまたすぐ夜市に出かけて場所を確保しなければならなかった。その夜売ったのは確か一足百元の布靴だった。

私はいつもお金の勘定をしていた。使い古してうす汚れた布袋から紙幣を全部取り出してベッドの上に置き、一枚一枚額面ごとに分けて積み重ね、終わると手の平の上に取ってたいらにし、きちんと揃えて、それから数え始めるのだ。大人の真似をして指先を舐めては、くっついている紙幣をめくりやすくすることを覚え、母のように速く数えられるようになりたいと思った。だがその頃お金は、私にとってはまったく意味がなかった。なぜなら使う機会がどこにもなかったからだ。それでも私は赤や緑の紙幣を見ていると嬉しくなった。これが命を救ってくれるもので、多ければそれだけ早く私たちが苦境から脱出できることを知っていた。

闇の金貸し業者から借りた金だったので、返済し終わるのは口で言うほど容易ではなかった。昼も夜もなくあんなに懸命に売りまくり食べる物を倹約しても、払っていたのは実際のところ利子の分だけだったのだろう。
そのへんの事情について実は今でもよくわからない。中学三年の時に豊原に移って固定の店を構えた頃、母が戻って来た。何度も勇気を振り絞って父と母にはっきり問いただしたいと思ったが、どうも我が家の人間は誰も再びあの辛い思い出に触れたがらないようで、いつもうまく話題を逸らしたり、あるいは顔に「悪いがそのことはあまり話したくないんだ」というような傷ついた表情を浮かべるので、私の疑惑はずっとそのままになっている。

ここまで話した時、頬がこわばって痛くなった。あなたはそれに気づいたかもしれない。三十歳の私は、めったに仕事を休んだことがなく、いつも食費を切りつめ物を節約しているのに、今でも貯金がなかった。「お金はみんなどこに行ったの?」とよく自分に尋ねたものだ。「あなたはお金に恨みでもあるんじゃないの」友人はいつも私のことをそう言った。答えはもちろんわかっているが、他人にはっきり説明できなかった。いわゆる悲劇とはこういうものなのだろう。ある時重大な過ちをおかすと、そのためにみんなが際限なく代償を払い続けることになるのだ。私が持っている物と言えば、ノートパソコンと何冊かの本とCDだけで、他に何もないので、誰もが不思議に思う。絶えず引っ越しを繰り返し、たびたび失踪し、住所不定、朝起きるとその日の夕方のこともおぼつかないほどだったから、こんな生活に友人たちははらはらさせられ通しだった。いったい私の人生に何か面白い話なんてあるのだろうか?　はっきり話せない。ある部分は説明できても、しかしある部分になると人に言えない込み入った事情が出てくる。私はあなたの質問には答えないで、やはり物語の続きをしようと思う。

話している間、あなたは少しでも気を散らすと私が消えてしまうのではないかと息を殺して精神を集中させていた。あなたの一途な姿を見るとがまんできなくなってあなたの髪をそっと撫でると、「喉が渇いた？」とあなたは私に尋ねた。私は体を起して、顔を上げてごくごくと水を一杯飲みほした。「実は私、小さい頃、料理ができたのよ」私は言った。「本当？　じゃあいつか僕にも作ってもらおうかな」あなたはまるきり信じられない顔をしている。

田舎の辺鄙な村で、休日は服を売る手伝いに行き、ほかの日は幼い弟と妹の面倒をみなければならなかったので、学校の方は当然いい加減なものになった。母はすでに家を出ていた。祖母と祖父の無理解と親戚の悪意に満ちた中傷のために、母はごくまれにしか村に帰って来なかった。台中からタクシーで豊原に戻って来ると父と一緒にあちこち露店を手伝い、ときどき深夜にこっそり家に帰って来て私や弟妹の様子を見ることもあった。しかし大部分は、父と母は三日と家にはおらず、忙しくなると半月も家をあけることがよくあった。当然、私が弟と妹の世話をする責任を負わねばならなくなったのだが、不思議なことにあの時の私はご飯を炊きおかずを作って弟たちに食べさせることができたのだ。この話を聞くとあなたは笑った。きっと私が作った料理がどんな味だったか想像できないに違いない。でもあの時は違った。私がご飯を作らなければ、代わりに誰が弟と妹に食べさせてくれるだろうか。生存のために、私の中のある能力が刺激されて、毎日夕方になるとリヤカーつきのオート三輪で村を回って来る野菜売りをじっと待った。「野菜いらんかね〜」という呼び声が聞こえると、飛ぶように村の入口に駆けて行き、大勢のおばさんたちに交じって野菜を積んだリヤカーを取り囲み買い物をした。正直に言うと私が作れるのは、いり卵、豚肉のこま切れと青菜の炒め物くらいで、それが一回の食事になった。お金がない時は、続けて何度も醤油卵チャーハンを食べて過ごしたこともある。弟と妹はものわかりがよくて、私がどんなでたらめな物を作ってもおいしそうに食べてくれた。でも当時は三人とも顔色が悪く、ひどく痩せて弱々しい体をしていた。ときどき隣の祖母と祖父が見かねて、肉や魚を幾皿か持って来てくれたりもした。本当にお金が底をつくと、弟と妹を連れてバスに乗りお金をもらうために父や母をあちこち探して回ったこともある。そんな時は夜市や青物市場でお腹いっぱい食べることができ、母は私たちに服まで買ってくれた。

記憶の中に思わぬ出来事が残っていた。父が長いこと家に帰って来なかったため、手持ちのお金も使い終わり、私たち三人は何日もお腹をすかせていた。おばさんがご飯を持って来てくれた時、ぶつぶつ私の母に対する恨み言を言った。それは例の如くすべての責任を母に押しつけ、お金を全部実家に持ち逃げしたとか、男をたぶらかす雌ギツネでどこで浮名を流して楽しんでいるのやら、などというものだった。「母さんはおばさんが考えているような人じゃない！」私は大声で叫んで、おばさんと口喧嘩を始めた。負けん気が強かったからかどうか知らないが、突然かっとなってご飯とおかずを全部捨ててしまった。弟はお腹がすいたと泣き続け、私は地べたに散乱した食べ物を見おろしながら、いつまでも後悔した。

その夜は、空腹でお腹がぐうぐう鳴った。

気が遠くなるほど長い夜だった。


「それから？」あなたは私に尋ねた。私は急に話し続けることができなくなり、頭を振って辛い気持ちにさせる頭の中の記憶を追い払おうとした。その画面が消え、子どもの姿が離れて行った。「すごくお腹すいた」あなたの首を抱きよせてキスをした。あたりはしんと静まりかえっている。私のお腹が大きく鳴った。「ご飯作ってあげよう」あなたが体を起こした。私は言った。「最初あなたを好きになったのはね、あなたの料理がおいしかったからよ」

「君をちょっと太らせてやろうかな」あなたが言った。


知り合ったばかりの頃、私の方からあなたの部屋に泊まった。次の朝起きるとあなたはもう台所で忙しそうにしていた。朝食を作って私に食べさせるのだと言って、その日はトマトの卵炒めを挟んだタコス（トルティーヤというクレープに似た皮で具を包むメキシコ料理）、三日目の朝はサツマイモ粥を作ってくれた。ずいぶん長い間そんな粥を食べていなかったので、とても懐かしかった。数日間、このひどい客は、仕事が手につかないくらい主人を忙しくさせてしまった。

あなたがそばでご飯を作り、私はテーブルで本を読んでいた。静かな朝の光の中で、あなたは目玉焼きを作っていた。二匹の子犬が私の足元に駆け寄って来て、体をこすりつけて食べ物をねだった。できあがった粥がテーブルの上に置かれ、サツマイモの温かい香りがただよった。あなたは朝の電子新聞で見た台湾のニュースを話し、義憤で胸をいっぱいにして時事を批評した。私は笑いながら「あなたってどうしてそんなに過激なの」と言い、言い終わらないうちに、ふっとあなたのことをとてもよく知っている気がした。その部屋に前から暮らしているような感じがしたのだけれど、実際には知り合ってまだ数日しかたっていなかった。親密になるのが怖くて気持を変えようとしたちょうどその時、あなたが急に振り向いて私を見つめた。それで私はあなたの後ろまで歩いて行ってあなたを抱きしめた。「すごく変なの」私は言った。「どうした？」あなたは尋ねた。

「もうずっと長い間あなたと暮らしている気がする」そっと言ってから、自分でも恥ずかしくなった。

「たった今、僕もそんな気がしていた。僕たちずっと前から、毎朝こうして過ごしてるみたいだなあって。君がそばで本を読み、僕がここで朝ごはんを作る」あなたはフライ返しを動かしていた。あなたの背に顔をつけると、厚手のウールのセーターを通してあなたの声が伝わって来たが、本当の声には聞こえなかった。きっとただの錯覚だろう。私たちは急に静かになり、フライパンの中の卵が高温の油の中でジュージュー音を立てていた。あなたの心臓の鼓動が聞こえた気がしたけれども、それは私が唾を飲み込む音だったのかもしれない。すべての音がしだいにガスの火の中に溶けて行った。

朝食をすませて、裏庭の籐椅子に腰をおろし太陽に当たりながら煙草を吸っていると、一匹のリスが前を走り過ぎた。そして急に止まると、二本の前足で地面にある何かをかき分けた。子犬が食べ残した骨だった。リスは大喜びで骨をかかえて滑るように走り去った。「見て、あのリスとても面白いわよ！」私は興奮して叫んだ。あなたはちょうど洗濯物を干していて、私の方を振り向くと、「あのリス、ウィリーと言ってね、僕が飼っているんだ」すぐに嘘だとわかったけれど、どっちだってかまわない、リスを見るのはやはりとても楽しいものだ。小さい頃、我が家の裏の収驚おばあさん〔道教の民間療法の一つで、不眠や悪夢など治す人〕の家にパパイヤの木が植わっていて、我が家の二階の窓の近くまで伸びたことがあった。ある時、私はその中にリスがいて、パパイヤの実をかじって中身を空っぽにしているのに気づいた。何日もパパイヤの実をかじり続け、落ちた時には殻だけのありさまになっていて、中の果肉はすっかり食べ尽くされているのだった。あなたのリスにこんな才能あるかしら？

あなたは服やタオルをみんな干し終えると、ホースを伸ばして蛇口をひねり草花に水をやり始めた。朝九時、以前ならまだベッドで寝ている頃だが、不思議なことにこの時の私は気分がとてもよかった。それまでのひどい時差ぼけが二日間睡眠を十分とったおかげで治ったのだ。

「ここはとても静かね」私は言った。

「あとパソコンがあれば君が小説を書くのにちょうどいい環境になるね。爽やかで、静かで、独立していて、誰も君の邪魔をしに来ない」あなたはそう言って、私のそばに座り、肩に手を回した。私はあなたに寄りかかり、けだるく話をした。貴重な暖かな朝、もっと得がたいのは私が元気いっぱいで、あなたに寄りかかりながら、心がすっかりほぐれていることだった。「うとうとして来ちゃった。何か話して聞かせて」私はこう言って、鼻をあなたの手の甲にこすりつけた。とても気持ちがいい。

「僕が大の話べただって知ってるくせに」あなたはさわやかに笑った。あなたは知らないだろうが、数日前のパーティで知り合いになったのは、まさにこのさわやかな笑い声が私を惹きつけたからだ。あなたはまだ笑っている。まったく、床に押し倒して、裸にして、食べてしまいたくなる。

「なぜあなたはあんなに料理がうまいの？」私は尋ねた。問答式ならできると思って。本当は話をすべきではなかった。でもこの時の私たちはあまりに親密な雰囲気で、こんな距離では自分がおぼれてしまいそうで怖かった。あなたに何か喋らせて私の注意力を分散させないと、あなたを愛してしまいそうだった。

「一人の生活が長くなれば、何でもできるようになるものさ」あなたは言った。大きな手を私の膝の上に置いて、もみながら、軽く撫でている。「小学校一年の時に両親のもとを離れて遠くの学校に行ったんだ。母方の祖父母の家に住んでいたのだけれど、二人とも忙しくて、僕のことをかまう時間がなかった。だから自分でご飯を作り、自分で勉強して、学校に行って、だんだんできるようになったってわけさ」あなたはさらりと話したが、きっと孤独な子どもだったに違いない。多くの曲折を経ないでどうして今のあなたがあるだろう。だがあなたは自分のことを語るよりも、私の話を聞きたがった。「僕のことは、これから時間がある時にゆっくり話すよ。僕たちには話をする時間がまだたくさんあるんだから」私は頭をあなたの胸にうずめ、涙がこぼれないようにがまんした。そんなに多くの時間があるはずがない。確信がなかった。あと数日すると私は台湾に帰ることになっていた。この別れが、あるいは永遠になるかもしれなかった。

「実は僕たちは昔からの知り合いだったのに、約束の場所に会いに行く途中で時間を無駄にしてしまい、今ようやく出会えたのだ」

「僕たちは相手の閉ざした心を開ける鍵を持っている。それは僕たちの不遇な一生によって造られた物だ」のちに、私がそこを離れたのちに、あなたはこう書いてよこした。あのいつでも削除できるメールの中に。

おそらく、これらの言葉が私を再びここまで飛んで来させたのかもしれない。

二か月後、私はまたこの部屋に戻って来た。あなたは相変わらず私に食べさせるのに忙しく、暗い部屋の中まで、あなたが台所で煮炊きする音がかすかに聞こえて来る。ご飯とおかずのいい香り、どんなにおいしいか容易に想像がつく。でも私はじっとしたまま、身動きができない。時間が遥か昔に戻り、ここはいったいどこ？　あなたは誰？　どれもはっきりさせられなくなってしまった。

大みそかの夜だった。年越しのご飯がなく、父と母も家に帰って来なかった。三人の子どもはひたすらテレビに見入っていた。騒々しいバラエティ番組の中の人たちはいかにも楽しそうで、こうしてテレビを見ていれば、そんな祝日の喜びと楽しみの中に入って行けるような気がした。少女はチャーハンを焦がしてしまった。平気よ、もう一回作ればいい、誰が年越しには鍋を食べなきゃいけないって言ったのかしら？　鍋を作るのも難しくない、少女は思った。魚や肉や野菜を多めに買って全部鍋の中に入れて煮ればいいのだから。テレビの音がガンガン響いていたが、部屋は妙に静かで、子どもたちのドキドキする心臓の音が聞こえるようだった。何かを待ちわびているのに口に出せないでいた。

弟は寝ないで年越しをするのだと無邪気に言い張り、もしうっかり眠ってしまったらぜったい起こすのを忘れないでと姉に言った。少女が外を見ていると、爆竹の音がまわりでし始めた。彼女は年越しに何の意味があるのかわからなかった。楽しい団欒の風景は彼らには無縁だったが、弟は毎年お年玉を心待ちにしていた。「三日には父さんと母さんきっと戻って来るよ」少女は弟を慰めたが、三日でなければ四日だと誰が知っていただろう。年末年始はいちばんのかき入れ時だからそう簡単に休むわけがない、お年玉が何だというの、大金を稼いだら買いたい物は何でも買える、父さんと母さんは家に帰る暇がないだけなのだ。大晦日の夜、結局彼らは何を食べたのか？　覚えていない。ただ、祖父と祖母が訪ねて来て、一緒に伯父の家に夕飯を食べに行こうと誘ってくれたのだけは覚えている。でも自分たちの両親を軽蔑している人の家にご飯を食べに行けるはずがない。彼女はこういう恐ろしい親戚を嫌悪し、親切そうな笑顔の下の隠しきれない敵意と軽蔑を嫌悪していた。家に問題が起こった時、彼らがどんなふうにそっぽを向き、機会があるごとに幼い弟や妹をいじめ、彼女が通う学校の町中に彼女の家に関する噂話を流し、どんなひどい言葉で彼女のかわいそうな母を侮辱したかを覚えていた。

少女はいつも時間の順序をはっきりさせることができなかった。母はいついなくなったのか？　両親の帰りを待ちわびた大晦日はいったいいつのことか？　旧暦のどの年に両親は彼らだけ家に残して行ったのか？　何年に家族みんなが復興路の店に移ったのか？　いつ彼らは嘉義の大型夜市にいたのか？　はっきりさせられなかった。中学三年の時に豊原の復興路に引っ越して服飾店を開いた後、すべてがようやくはっきりしてくるのだが、小学校三年から中学三年までの間に起きたたくさんの混乱した恐ろしい出来事は、豊原に引っ越し、母がようやく戻って来ると、この年月をまるでひと筆で消し去ったかのように杳として痕跡もなくなり、確認できる人もなかった。そうしたことは一度も話されず、ときどき少女は、これらはそもそも起こらなかったのではないかと疑いさえした。

彼らは確かに莫大な債務を負っていた。一夜にして家中の物に差し押さえの紙が貼られ、借金取りがどっと家に押し寄せ、祖父、祖母、伯父、叔父たちが父を取り囲んで大声でわめいた。母の姿が突然見えなくなった。それから後のことが少女にははっきりしないのだが、両親はどんなことがあっても子どもたちの世話はしたはずであり、そんなに長い間家に置き去りにするわけがなかった。もしかすると、少女が苦労に耐えられなくて辛かった時期を誇張しているのかもしれないし、露店の客がまばらな時に、退屈まぎれに辛い物語を捏造したのかもしれなかった。記憶の中で絶えずディテールを誇張し繰り返し、苦しみを絶えず蔓延させ拡大させて、徐々に耐えられないまでに変えてしまったのかもしれない。少女は知らなかった。多くのことを理解していなかった。彼女はこれらすべてが虚構であり、すべてが彼女一人のつまらない推測であってほしいと願った。

少女はしばしば村の竹林の裏手にある小さな山へ遊びに行った。山のふもとには太くて高い松の木で囲まれた大きな屋敷があった。三階建ての洋風建築の一軒家で、庭には大きな黒塗りの車が止まっていた。中にどんな人が住んでいるのか知らなかったが、その神秘的で世間から隔絶した家の中に一人の「変人」が住んでいると近所のおばさんたちが取り沙汰しているのを耳にしたことがあった。その変人はもともと町に住んでいたらしく、どういういきさつか不明だが、田舎に越して来たのだった。年は六十歳余りで妻も子もおらず、あんなに大きな屋敷に使用人は口のきけない老婆一人だけだった。大人たちは、子どもが言うことを聞かない時、変人の所にやるぞと言って脅したので、子どもの中には「変人が来たぞ!」と聞いただけで驚いて泣き出す者もいた。

彼女は以前、木に登って屋敷の中をぐるりと盗み見したことがあった。庭では口のきけない老婆が箒を持って落ち葉を掃除していて、鶏が何羽かのんびり地面の米粒をついばんでいた。変人の姿はなかった。何度か木の上にいるのを老婆に見つかり、あーあーうーうーと奇妙な声を発しながら箒を振り回されたことがあった。彼女はびっくりしてあやうく木から落ちそうになりながら、転がるように家に駆け戻った。

なぜだか知らないが、彼女は変人と言われている人のことをいつも想像して、もしあの家に住めたらどんなにいいだろうと思い、自分がその変人と暮らしてもいいような気がしていた。

その日、何が彼女をそこまで行かせたのか、彼女は力いっぱい門を叩いていた。ふさふさした白髪頭の年配の人が門を開けて彼女を迎えてくれた。その人は痩せて背が高く少し猫背だった。大きな傷痕が顔の半分を覆い、清潔で真っ白な着物を着ていた。見た目には老人に間違いなかったけれども、老人らしさがなかった。きっとその醜悪な顔がかえって少女に親しみを覚えさせたのだろう。

「お嬢ちゃん、どうしたの?」その人に声をかけられると、彼女は泣き出してしまった。

それから彼女が屋敷の門を叩くたびに、門を開けて迎えてくれたのはあの温かな懐だった。

彼女はその人をおじいちゃんと呼んだ。

おじいちゃんの家にはたくさんの本や、古い蓄音機と数えきれない量のレコード盤があった。応接間にはピアノもあった。広々とした応接間にはベージュ色の毛の長い絨毯が敷かれ、天井からは水晶玉を幾重にも繋いだシャンデリアが下がっていた。やわらかな黒い革のソファーの上に心地よいクッションが並んでいた。庭では大きなガジュマルの木の下で片眼がつぶれた大きなシェパードがけだるそうに横になっていた。おじいちゃんは彼女にピアノを教え、昔話を聞かせてくれた。口がきけない老婆の料理はとてもおいしかった。

いつも、おじいちゃんはパイプで煙草を吸い、あたり一面にアルバムを広げて一冊ごと彼女に説明をしてくれた。きっとおじいちゃんはいろんな所に行ったので、あんなにたくさんの写真を撮ることができたのだろう。老婆はいい香りのする温かい牛乳を運んで来て、ゆで卵を二つ作ってくれた。おじいちゃんは、この子は体が弱いのでもっと栄養をつけなくてはいけない、と言いながら、一口一口少女に食べさせた。おじいちゃんは少女に読書をしピアノを弾くことを教え、彼女を庭に連れて行って花や木について教え、音楽を聴かせた。

煙がおじいちゃんのパイプから出たり入ったりして、煙草の匂いがあたり一面にあふれていた。少女は裸で絨毯に腹ばいになって絵を描き、おじいちゃんの指が彼女の体に字を書いた。犬は傍らでいびきをかいていた。その時少女はもう物語を書き始め、おじいちゃんがくれたノートに人には言えない内緒の話を書いた。少女は本を読み、おじいちゃんは少女が書いた物語を読んだ。どうしたら本棚に並んだ分厚い本の中に書かれているたくさんのお話のようになるのかしらと思案する少女には、いつか自分がそんな物語を書く人間になる日が来るなんて実現不可能な夢のように思えた。

しかし、実際には存在しないその家で、一人の伝説の中の変人に守られて、少女はここが彼女が求める真実だと思った。おじいちゃんが世界を家の外に隔絶するなら、少女はむしろ世間と隔絶したこの家にいたかった。彼女自身の家は近くにあったけれども、彼女とは無関係に見えた。実際には家に帰って食事の支度をし、それから弟と妹を入浴させなければならなかった。休日だったら両親の車を待って一緒に夜市に出かけなければならなかった。でも彼女はおじいちゃんの家を離れたくなくて、かりにこう考えてみるのだった。実は今、自分はこの世界から消えてもいいのだ、彼女が存在しなくても家族は変わらず生き続けるだろう、と。彼女は残酷な現実から遠ざかり、本当の子どもになりたかった。彼女の想像の中の子どもたちが当然のように享受している子ども時代のように、あるいは普通の人たちのように、平凡に楽しく過ごしたかった。いつも騒々しく雑然とした市場や、きりのない仕事に戻るのが怖かった。母がいなくなった家に帰り、母親の役割を演じて幼い弟と妹の面倒をみなければならないのが怖かった。苦労してあくせく働いている両親を見るのが怖かった。自分の理解していない悲劇のためにだんだん暗くひねくれていく性格が怖かった。止められない忙しさ、喧騒と混乱が怖かった。そのどれもが彼女を苦しめた。

誰かに救い出されたかのようにおじいちゃんの家にいると、誰も彼女がどこに行ったか知らなかったし、しばらく現実から離れている間は、あの痛ましさも彼女から遥か遠くに離れて行った。おじいちゃんの声は耳にとても優しかった。絶望して悲しい時、少女はしばしばおじいちゃんの家にこっそり逃げ込んだ。一時間、あるいは半時間、あの消えている間、誰も彼女の行方を知る者はなく、それは彼女が天から盗んだ束の間の時間だった。

「その時、本当に大きな屋敷に行ったの？」あなたが突然尋ねた。

私たちは食事をすませると、食器を片づけるのももどかしくまたベッドに戻った。とぎれとぎれの話、とめどない絡み合い。長い別れが体を温める動作を絶えず引き延ばしていた。

「それからあなたの所に逃げて来た」私は言った。初めてあなたの部屋に入った時、すぐに懐かしさを感じた。私をとらえる何かがあった。だから別れた後、再びあらゆる手を尽くして戻って来た。

「実は僕がそのおじいちゃんさ」あなたは私を優しく撫で回している。

いや違う、多くのことはまったく存在しないのだ。

この物語はあなたが聞いてもわからないだろう。私自身もはっきり話せないのだから。いったい母はいつ家を出たのか？　どうしても行かねばならなかった理由は？　母が出て行った後、たくさんのことが混乱し始めた。覚えているようで、それでいて時間の流れに沿ってきちんと説明することができない。豊原に行くたびに母に会えた。本当は家を出ていなかったみたいに。いったいその数年間どうやって過ごしたのか？　商売をしているシーンはどれもはっきり覚えているし、母が丸椅子の上に立って大声で呼び売りしている声、生き生きした姿も覚えている。しかしさらに深く記憶していたのは、私がいつも孤独で、似合わない役割を一所懸命に演じ、無理やり自分を大人の姿に変えていたことだ。みんな父と母を安心させるため、弟と妹によりどころを持たせるためだった。実際に私が感じていたのは止めることのできない苦痛ばかりで、苦痛をわずかでも和らげるために、思い出したくない多くの出来事をだんだん忘れて行ったのだ。

あなたの部屋の中に常に満ちている静かで孤独な雰囲気が気に入ったのだと思う。あなたが私の世界の人ではないから私はあなたのそばにやって来た。あなたは以前手紙にこう書いた。「この世界を全部よそに追いやってしまおう。僕は君のそばに残って君とともにいられたらそれでいい」これは真実ではなくただの言葉だ。お屋敷に住んでいる顔に傷がある老人のように。私は幸福を信じない。救われることを信じない。ただ天からこっそり束の間の幻想を盗もうとしているだけだ。あなたは私を愛していると思っているけれども、あなたが愛しているのは私の痛みなのかもしれない。まるで私がやっとそこから逃れたと思っていても実はまだ自分の檻の中にいるように。

それで私はまたこの部屋に戻って来た。長い歳月を経てあの賑やかな市場から抜け出したけれど、しだいに人ごみに適応できなくなり、頭の中は常に錯乱していた。あなたは私の錯乱した思考と生活スタイルを無視して、単純に私のことを一人の純真無垢な子どもとみなしている。あなたがそう思うのであればずっとそう思い続けてほしい。私のことを美しくて単純だと信じる人がいるのなら、私もそう自分を信じよう。

橋の上の子どもがどうやって小説家になったのか？　自分でもわからない。あなたのそばにやって来た日々のように、振り返るとすぐに消えてしまいそうだ。私を苦しめる途方もなく大きな生活の圧力から逃れて、精神が崩壊する前に飛行機のチケットを買ってここまで飛んで来たのも、ただそれだけのこと。自分をあなたの部屋に閉じ込めてしまえば安全に見えるけれども、しかしこれは一つの休暇にすぎない。物語を一つして、物語を一つ書いて、あなたが聞いてくれればそれでいい、すぐに私は帰って行くのだから。

「それから?」あなたは言った。

異国での再会の夜、私は自分のある部分について話し始めた。あなたは静かに目を閉じ、私の体を胸に抱いて揺らした。もっと話すべきだったかもしれないが話を途中でやめた。しみじみと心を絡ませあうべき時に、二人の間の時差が私を遥か遠くの国へ誘って行く。自分がまだあの橋の上にとどまって、端から端を行ったり来たりしているのが見える。私は話をやめてしまい、物語は止まるべきではないところで止まってしまった。聞いている方もおそらくわけがわからなくなっただろう。そして私は言った。「決してあの橋の上の子どもを愛しちゃだめよ」

決してあの橋の上の子どもを愛してはいけない。彼女が話すこと考えることはすべて虚構と想像なのだ。もし彼女があなたを愛していると言ったなら、それはきっと作り話。あなたさえ彼女の虚構と想像から生まれたものかもしれない。これまでずっと手紙を読み電話で話してきた人は、キーを一つ押すだけで全部削除できてしまう。

彼女は言った。愛情は、どんな始まり方をしたかでその終わり方も決まる。橋のこちら側からもう一方の端まで歩いて、子どもは荒れ果てた地を通り過ぎ、雑踏を通り過ぎ、生臭い川を通り過ぎ、紅白のビニール袋を提げた人ごみを通り過ぎた。彼女が小説を書き始める来たるべき日まで、混乱した現実から逃れ、絶え間のない売り買いの合間に物語と物語の間へ進入し、部屋から部屋を転々とし、ある人の胸の中から別の人のもとへ逃げて行った。彼女は恋愛すべき時でさえもこの逃避行動をやめなかった。

その二　一人で映画を見に行く

暗闇の中で外を行き交う車の音が聞こえる。父の声はよく聞こえない。弟が小声で妹と話をしている。興奮して喋っているからだろう、体がひっきりなしに動いている。頭の下で、洋服の包装に使っている透明のビニール袋を何枚も詰め込んで作った枕が、かさかさ音を立てていた。三人の子どもたちは、服を売る商売用のオート三輪の後部にとりつけられた鉄製の箱形の荷台の中にいた。これは父が間に合わせで作ったオート三輪で、前半分はバイク、後ろ半分は長さ二メートルの鉄製の張り出し棚を繋ぎ、中に木の板を敷いただけの簡単な荷台だった。運転をする父はバイクに乗っていて、頭上にはビニールの雨よけがついていた。子どもたち三人は貨物を満載した荷台の上に横になっていた。父が商品の服をきちんと平らに整えてくれたので、その上に寝るとまるでスプリングベッドのように快適だった。もちろんこれは想像で、彼らはまだスプリングベッドに寝たことがなかった。

冬の夜、少し雨が降った。服が濡れないように、子どもたちが凍えないように、父が大きな帆布で荷台をすっぽり覆ったので、子どもたちは子猫のように帆布の中に閉じ込められていた。父は用心して両側に通気孔を残していたが、少女はこの密閉された暗い場所が怖くてたまらなかった。顔から十センチと離れていない帆布が暗闇の中で揺れ動いて、息ができないように彼女の顔を覆い、今にも窒息させられそうだった。しかたないことだとわかっていた。父は、十分なお金がたまったら貨物用の車を買うのだと言っていた。家には以前、貨物用の車があったのを少女ははっきり覚えていたが、どこに行ってしまったのだろう。

　小学一年生の妹はとても利口な子だった。こんなふうに仰向けになるのは寝心地が悪いとわかっていて、服が入っている袋を開封して大量のビニール袋をかき集め、大きめの袋にたっぷり詰め込んでお金をかけずに枕を作った。三人の子どもは一人一個ずつこのビニールの枕を使い、臆病な弟が真ん中に寝て、真っ暗で粗末な荷台の中で、オート三輪と一緒に揺れていた。道に穴があいた所、段差がある所、でこぼこした所を通り過ぎる時はどうしてもがたんがたんと大きく揺れた。

　したたり落ちる雨音がだんだん強くなって来ると、妹がつぶやいた。「父さん、前にいて雨に濡れてないかなあ。きっと寒いよね」少女は妹の問いに答えず、ただ頭がぼうっとしていた。ここにいれば濡れることはないけれども、あのぽたぽたという音を聞いていると、いつも体が冷たくなって行く。夜九時半に店じまいをしたのは、ひとえに雨が降って来たせいだ。帆布で覆われた狭い空間には湿った服の匂い、子どもたちの体臭、それにいろいろな何ともしれない臭気が充満していた。弟は昔話の途中で寝てしまい、片方の足を少女の体に重くのしかけていた。彼女より六歳小さい弟は、六歳になったばかりなので、夜市で九時前になるともう眠たがった。八歳の妹は厚めの段ボール箱を探して来て、掛け布団と服を敷いて弟をその中に寝かせた。弟はたいへんおとなしく、その頃は頭が大きく体が小さくてとても愛らしかったので、買い物客の中には手を伸ばして弟の真っ赤な頬を撫でる人もいた。少女は客がそうするのを嫌った。眠っている弟を起こしてしまうかもしれないし、それに彼女たちは「あらまあかわいそうに、まだ小さいのに段ボール箱の中に寝かせられて、風邪ひかないかしら？」などと自分では思いやりがあると思っている言葉を言い出しかねないからだった。

天気がいい時、家に帰る途中、父はよくある場所に停車して、「骨董売り」を見た。三人の子どもの手を引いて、幾重にも取り囲んでいる人の群れに割り込み最前列まで行った。それは骨董品の競売会だったが、本物の骨董品はきわめて少なかったので、むしろ雑貨大売り出しと言った方がよかった。玉の装身具、真珠のネックレス、瑪瑙、翡翠、関羽像、日本刀、シャンデリア、木彫りの八駿馬から、電気スタンド、電話、テレビまで売っていて、時には自転車、バイク、魚用の水槽、長ズボン、半ズボン、下着、マスクまで、何でもあった。一週間に三日ここで店が開かれていた。店を任されている中年の男は、噂によれば前はテレビの司会者だったとかで話がうまく、その場を熱く盛り上げていた。「さあさあ、この箱、見えますか？　なに、中が何なのか見えない？　だから刺激的なんですよ！」男は一尺幅の四角い紙の箱を手に持って、いくらにするかと問いかけた。そこにいるのはたいていが常連客で、箱の中に値打ち物が入っている確率は半分なのを知っていた。たとえばラジオだったり、精巧に彫刻された民芸品だったりしたが、あとの半分は、箱いっぱいのおしめやトイレットペーパーといった類のカスだった。しかしみんなはそれでも我先に競り値を告げた。競りに加わるだけで景品がもらえるのだ。

「では、競りを始めます」「こちらの方から五百元という声が上がりました。景品があります、値付けをしたらこれを差し上げます」男が手招きをすると、胸と背中が大きく開いたイブニングドレスを着た女が、両手で箱入りの景品を持って出て来た。「今日は大サービス。値付けをした人には高級電話機を差し上げます」「六百！」するとまた人ごみの中から「八百！」と言う別の声がした。値付けをしたのは少女の父だった。あきらかに父親が欲しいのは競りに参加すればもらえる電話機のほうだ。「八百で、一」「八百で、二」「八百で、三」「ではこちらの方、この箱はあなたの物になりました！」箱の中身が実はからっぽだと先刻承知だったかのように、それ以上値をつり上げる人はいなかった。

箱の中身は何だろう？　少女は興味がなかった。家に帰って体を洗うと急いで応接間で宿題に取りかかった。とても眠い、明日の試験はきっといい点は取れないだろう、少女はあせった。ふと頭を上げると父が変な表情をして目の前に立っていた。「おい、ちょっと見においで」少女はしぶしぶついて行った。父がハサミで箱にかかったゴム紐を切ると、中には赤や白の何だかわからない物が入っていた。父が手を突っ込んで箱の中を探り、赤いブラジャーを取り出した。なんと、父は八百元も出して女物の下着を買って来たのだ。
「どうだ、おまえちょっとこれをつけてみろ」父の眼が真っ赤に燃える木炭のようにぎらぎら光っていた。
「嫌よ、明日試験なの」少女は大きな声を上げた。

なんでまたそんなことがあったのか不思議だ。思い出せない。あの時弟と妹は何をしていたのか。なぜ彼女一人が応接間にいたのか。たくさんのことを忘れてしまった。月例テストの成績はどうだったのだろう。少女は頭を振った。はっきり思い出せない。

多くのことがぼやけてよそよそしかった。覚えているのは、もしかしたら真っ暗な荷台の中で、車が道の起伏に合わせて揺れ動く中で、彼女が想像したものかもしれなかった。あるいは暗くても、彼女は幾多の出来事を見ることができて、映画を見るように身近な風景や人々の出来事が見えたのかもしれない。彼女は両親や弟や妹のことを覚えていたし、苦労して働いた昼と夜を覚えていた。青物市場と夜市の喧騒、客のやかましい声、天気が悪い時の大人のため息、玄関や冷蔵庫やテレビの上に貼られた裁判所の差し押さえの紙を覚えていた。彼女は決してそれらに関与しない、ただの観客のように、すべてがはっきりと見えたけれども、自分自身は見えなかった。それは彼女とは無関係の家族フィルムだったが、しかし実際はどの場面にも彼女はいて、彼女は姿を見せないヒロインだったのだ。

母がそばにいる時もあればいない時もあった。別の場所で母がどのような生活をしていたのかはっきりしない。大人が子どもに知らせたくないことが子どもにわかるはずはなかった。母が家を出た後しばらく音信不通だったのを覚えている。のちに母から手紙を受け取った。それにはやむを得ない事情でしばらく家を離れるので、弟と妹の面倒をよくみるように、一所懸命に勉強するようにと、へたくそな字で悲しい文章が書かれていた。弟はときどき一人で村の入口まで行って母を待っていた。どう言い聞かせても聞き入れてくれなくて、しかたなく弟のそばについていると、近所の子犬が駆け寄って来た。少し犬をからかって遊び、待ちくたびれて弟が道端で眠ってしまってから、ようやく弟を背負って家に帰った。沿道の家の人たちがあれこれ言いながら近寄って来て、力したけれど、自分がまったく知らないことにどうやって抵抗すればいいのだろう。心配だったのは自分ではなく、弟や妹が傷つくことだった。やがて母が姿を見せ、彼らと一緒に夜市に出て働くようになった。母は相変わらず優しくてきれいで、少しも親戚や近所の人たちが言っていたように怖くなかった。母はこれまでどおり彼らを守り、苦労して懸命に服を売るのを手伝った。きっときちんと説明のつかないことがたくさん起こり、家族全体が運命によっていくつも異なる部分に分けられ、プロットが複雑に交差し絡み合ってしまったのだろうが、しかしそれらを寄せ集めて答案を出す手がかりがなかった。

「家に着いたぞ」

父がこう言うのが聞こえたようだった。

それから急に目の前が明るくなった。帆布がめくられ、真っ暗な中から明るい所に出たので一瞬目が見えなくなったが、しかし家に着いたのはわかった。なぜか別に嬉しくも何ともなかった。

かなり月日がたってからもビニール袋のこすれる音がすると彼女にはまだあの湿って真っ暗な匂いがして来るのだった。

土砂降りの雨の音で、悪夢から覚めた。早朝の五時、空気は氷のように冷たく、大量の雨が次々に透明のアクリル板の庇に落ちて、ばりばりと雷のような音をたてている。遥か遠くの記憶が、すさまじい勢いの雨足とともに追いかけて来た。それはいつのこと？　ここはどこ？

寒流がやって来たせいで、大雨や小雨が何日も降り続いていた。テレビのニュースで、人々が羽毛の服や布団を争って買っているのを見た。今頃両親の夜市の商売は少しはよくなっているだろうか？　いや、そんなはずはない。時局が悪く、景気が落ち込んでいて、夜市に繰り出していた人の多くが今では失業したり給与をカットされたりしている。たとえ夜市に出て来てもひやかすだけだろう。金持ちはエアコンのきいたデパートや高級品店街に行くか、せめてカルフールや大潤発などの量販店に行くはずだ。じめじめして寒い天候の中を誰が夜市に行きたがるだろうか。こんなことを考えてはいけない。習慣的に、雨降りの日は相変わらず私を慌てさせる。天気が悪くて風が吹き、雨が降って商売ができないなら家で休むべきだ。電話をして父と母にこう言いたかったけれど、無駄に決まっている。

「休むのはこれからもっと長くて遠い道のりを歩くため」小さいころから私はしょっちゅう両親に言っていた。しかし目の前の生活をやって行けない人に、長くて遠い道のりなど考えられるはずがない。彼らはやはり車で夜市に出かけて行って待った。少しでも露店を開ける可能性があれば必ず大きな雨傘をさして営業し続けた。強風にあおられて雨傘が吹き飛ばされたりすると、すぐに雨傘をつけ直してちらばった服を拾った。何度も何度も雨よけの帆布を広げ、雨がやむとまた取り込んで、雨足が本当に強くなり、ほかの人たちが次々に店をたたみ出してようやく、しかたなしにそこを離れるのだった。こんなことを何回も繰り返しているうちに体はとうにびしょ濡れになっていた。

「そう金の亡者になるなよ」夜市の友人たちがいつも彼ら夫婦を笑った。「みんなすっかり老いぼれになったのに、そんなにがんばってどうする」父と母は苦笑するばかりで反論しなかった。我が家の経済状況は一度も他人に知られたことはない。最初からずっと商売はうまく行っていたので、みんなは私たちがかなり稼いでいると思っていたのだ。当然そのはずだったが、実はそうではなかった。父と母は若い時に苦労して何年もかけて借金を返済した。この年になってもまだ懸命に稼いでいるのは金の亡者になったからではなく、やっとのことで負債を返済し終わったのに、また新しい投資のために負債をかかえてしまったからだった。小切手を切っては急ぎ銀行に入金をすませるやり方〔約束手形や未来の支払い期日を記載した先付小切手を切って受け取り人の現金化を遅らせるやり方〕で、毎月の数十万の金が一回でも消えてなくなるとその年には倒産の悲劇が待っていた。

「あなたが悪いのではない」と医者は言う。しかし私は確信できない。因果関係はもはや複雑で判別しにくかった。

「あなたはもう力を尽くした」と友人は言う。

私は力を尽くしただろうか？　父はいつも大金を稼ごうと考えていた。そうすればいっぺんに境遇をまるごと変えられると思って、自分の能力を超えて信頼性のない投資に身を投じた。結果はまた新しい苦境に陥るだけだった。彼らを止めるべきだったのに、できなかった。私が早く大きくなってたくさんお金を稼ぎさえすれば家族を苦境から救い出せると妄想したこともあった。でもどうしてそんなことが可能だろう。私がやりたい事はどれも金儲けとは関係がなかった。小さい頃から口がうまくて服を売るのが得意だったけれども、続けられなかった。私が欲しいのはただ静かな場所で小説に打ち込むことだけ、かりに何年か自分に無理強いしたとしても、何にもならず、物事をだめにするばかりだ。のちに私はやっぱり逃げた。もし逃げ出さなかったら状況が少しは好転しただろうか。私はいつもこう考える。あの家は私がいなかったら、いったいどうなっていただろうかと。すべての成功と失敗、損と得、何もかもを私に押しつけないでほしい。私には支えて行く方法なんてないのだから。

だめだ、私は頭を横に振った。これを思い出すべきではなかった。こんなことでは自分の生活をうまくやって行けなくなる。

「私には関係のないことだ」私は自分に言い聞かせた。

意識はまだ今見たばかりの夢の中にあったが、頭の向きを変えるとあなたがそばで熟睡しているのが見えた。仄明るい部屋の中に段ボール箱がそこかしこに乱雑に置かれている。心がこの瞬間、ここに戻って来た。この時、私はあなたと一緒に住んでいる家にいたけれども、もう離れる準備をしていた。ちょうど引っ越すところで部屋中がごたごたしていた。運が悪いのか、それとも私の不安定な性格のせいか、あるいはその両方のせいなのか、さまざまな原因のためにわずか八か月のうちに三回も引っ越しをした。あなたはそのたびに私をバイクに乗せてあちこち連れて行き、赤い張り紙の賃貸広告を書き写しては電話をかけて家探しをしてくれ、増え続ける本やこまごました物の荷造りを何度もやってくれた。雨足は徐々に弱まり、あなたのかすかないびきが聞こえる。仕事でくたくたになって帰って来てから、さらに徹夜で片づけ物をしなければならなかったので、きっと疲れたのだろう。掛け布団を探りながら、なんて寒いんだろう、いったい何が起こったのかしら、と思う。ずいぶん長い時間私は錯乱状態だった。頭の中がぐるぐる回って止まらない。手を伸ばしてあなたの顔を撫でると、なぜかひどい疲れを覚えた。どこも騒々しい。だが騒がしいのは自分の頭の中だ。

止まれ！　大きく叫んでみたが、声にならない。

いつも窓際に立って煙草を吸う。あなたがいてもいなくてもこの部屋は変わらない。小型扇風機を窓台の上に外向きに置いて、小さな丸椅子を踏み台にして扇風機に近づき、吐いた煙草の煙を窓の外へ吹き出していた。端からはきっとこっけいに見えたに違いない。煙草を吸う者が煙草の匂いを嫌って、こんなみじめなありさまなのだから。この部屋は窓が一つしかないので外に空気が流れにくく、前に住んでいた所のように出て行けるベランダもなかった。神経質に煙草の匂いを恐れているのに、かと言って煙草をやめることもままならず、このような複雑な儀式を続けるしかなかった。私が好きなことの中にはいつも自分ではどうしてもがまんできない部分があった。たとえば、珍しくておいしい物が好きだけれど、その時ちょっとでも油煙の匂いがすると神経が緊張し、いらいら不安になって来る。私の寝ているベッドが運悪く中庭に近い窓にぴったり寄っていて、ときどき夢の途中で急に目が覚めて、何かから逃げるようにベッドの上を転げまわることがあったら、それはきっと階下の朝食屋がまた裏のドアを開けっぱなしにしたせいで、濃いべたべたした油煙が中庭に沿って上昇し、閉め忘れた窓から私の部屋に入り込んだに違いなかった。私は匂いに驚いて目を覚まし、眼が覚めるともう眠れなくなった。
だが私を怖がらせているのは本当に匂いなのだろうか。

昨晩はひどい不眠で大量の安定剤を飲んだ。思い出すとまだ震えが止まらない。一晩中ベッドと応接間の間を行ったり来たりして、いったいどれだけ薬を飲んだのか、何本煙草を吸ったのか、数えられないほどだ。あの時あなたは私のそばでぐっすり眠っていた。あなたは何人目だろう？　そばにいる人を誰に取り替えてもみな同じだ。恋人は眠っていて私は眼が覚めている。こういうのはとてもいい。あなたを起こしてしまわないかと心配しなくてすむ。

以前何度も、私は夜中に逃げ出した。なぜか一つのベッドに静かに留まっていられないのだ。セックスの後のけだるい眠気の中で、隣には男あるいは女が横になり、満足して眠りにつく。だが私は両目を見開いて愛し合った後の時間を凝視する。いろいろな記憶が叫び声を上げて頭の中にどっと流れ込んで来る。当然幸福や喜びを感じるべき時に、一人わけもなく怯えているのをそばにいる人に気づかれるのが怖くて、ひたすらそこを離れることばかり考える。

ほんの数日前のことになのにもう記憶が定かでなくなった。あなたの熟睡する姿を見ているとまたあの晩の情景を思い出す。あの時、あなたは布団を被り体を縮めて、号泣し始めた。声が遥か遠くからしているようだった。私は部屋中を歩き回って、自分を鎮めようと努めたが、何をすべきかわからなかった。遠くになったり近くになったりするあなたの声が私の鼓膜を掻き破り、きりきり痛んだ。近寄って行ってあなたを抱きしめ、そっと背中を撫でながら落ちつかせるべきなのに、できなかった。私とは無関係のことのように、体を固くするばかりで、どうしても身動きができなかった。全身の関節が痛み、頬が勝手にひきつりだして、自分が何を言っているのかわからなかった。

「私には関係ない」「私には関係ない」私はぶつぶつ独り言を言っていた。あなたが仕事で困っていることを訴えたか、あるいは何かどうでもいいことを議論しているだけのようだったのに、しかし状況はバランスを失って、私がただちに逃げ出さねばならない局面まで行ってしまった。たぶん私が一心に別れたいと思っているから、それで細々とした日常の会話が一触即発の争いになってしまうのだろう。私は弁解できなかった。それではあなたをさらに傷つけてしまうだけだとよくわかっていたけれど、できなかった。もしあなたが私の冷たい言葉の裏にある優しさをわかってくれたら？　いやそれはあり得ない。こういう時どうしても優しくなれないのだ。私があなたを傷つけた、でもなぜこうもヒステリックにお互いを罵り合ったりするのだろう。あなたが悪くないのなら、私のどこが悪いのか？　おそらくそうではなくて、辛い生活が私の愛をすり減らして破壊し、強い意志を消耗し尽くしたのかもしれない。さらにはもっとずっと前から私にはもう正常な生活をする能力がなくなっていたのかもしれない。

自分に残酷な人間が他人に優しくなれるはずがない。

必死に平静を保っていたが、気をつけないとすぐに脆くて苛立ちやすい性格が表に出てしまう。

頭が少しでも混乱すると、何を見てもはっきりしなくなり、袋小路に迷い込んで同じ所をぐるぐる回り出す。そのうち事態はますますひどくなり、しまいにはその場から逃げ出したくなる。「現場放棄」は私の一貫した生存本能で、自分のであろうと他人のであろうと苦痛に直面すると、逃げる以外にほかの方法が浮かんで来ない。留まっていることができず、一分でも長くいたら自分がばらばらになってしまう気がした。

そんな狂った夜には、誤ってあなたの首を絞めてしまいそうで怖かった。

だから私は出て行った。私があなたに、二人で作り上げた部屋を出て一人で暮らすことにしたと言うと、あなたは私があなたと一緒にいるのが嫌になったのだと思い、あなたの優しさが足りず理解が足りなかったと思い、あなたが私を幸せにしなかったからだと思った。でもあなたのせいではない。私は親しい人の目の中に狂った姿をさらけ出している自分を見るのが怖かった。どこか知らない所に行けば初めからやり直せると思った。

だから私は出て行った。

小学校の卒業式で、みんなは泣いたけれど、私は無性に嬉しくて、もう少しで腹をかかえて笑い出すところだった。ついにこの小さな村を離れて少し大きな所にある中学に行けるのだ。そこの人たちはきっと私のことを知らないはずだ。そこには我が家に関する噂を故意にまき散らすような人はいないだろうし、同級生の母親が私の前でみんなに向かって私にあまり近づくな、「悪い女の娘がいい子のわけがない」と言うこともないはずだった。だから私は泣かなかった。こんな人たち、こんな出来事から離れるのは少しも辛くなかった。

でもなぜあなたと離れるのがこんなに難しいのだろう？　出て行けばすむことなのに。これは私の得意技ではなかったろうか。

私は戻って来た。戻るとすぐに引っ越すと言って騒いだ。この部屋は私には耐えられない。中庭で昼の十二時に野菜を煮たり魚を揚げたりする油煙の匂い、いつも七時ちょうどに階下の向かい側から流れて来る鹹酥鶏〔バジル風味のから揚げ〕の油煙は、私を発狂寸前にした。その前に住んでいた部屋は？　それは高速道路の隣にあって、車が二十四時間絶えずうるさくてたまらなかった。もう一つ前のは？　大きな窓のついたベランダがあり、日差しが明るい上品な部屋だったが、埃がものすごくて、やはり引っ越した。私の忍耐力が極端に劣っているのか、それとも粗探しをしすぎるのか、どちらかよくわからない。もしかすると、気持ちがさめてしまった恋人を捨てようとして、これ以上つき合って行けない理由を勝手にいくつもあげつらっているようなものだったのかもしれない。

あなたは何も言わないで、またネットで情報を検索し始め、区の掲示板の所に行って赤い紙に書かれた賃貸広告を書き写すと、私をつかまえてバイクに乗せ、部屋探しに出かけた。私の部屋探しはかなり難しい。まず安いこと、ルームシェアはだめ、古い家はだめ、静かでさわやかで、日当たりがよくて、安全でプライバシーが守られなくてはならない。私が望むのは、私には手の届かない家だった。

ところが見つかったのだ。明るくて、安全で、独立していて、静かな所が。これはもうきれいな透明の棺を作ってそこに私を埋葬してもいいくらいだった。素晴らしい、少なくともしばらくはすべてよく見えた。次に発狂してまた耐えがたい所を発見するまでは。

ここは台湾、私は台北にいて、あなたは私のそばにいる。でもあなたは誰？

豊原市円環東路に位置する、生鮮食品の卸売り市場の「大市」は、午後三時になると大中の卸売業者や小売の露天商はみんな帰ってしまい、もともと大きな市場はとりわけ大きくがらんとして見えた。あとにはごみを片づけ、水をまいて掃除をする労働者が何人かいるだけだ。女の人が柄の長いブラシに力をこめて地面に残った血痕や汚れを洗い流している。鶏やアヒルの毛がふわふわ舞い上がり、その鳴き声がまだ聞こえて来そうだ……一人の老人が地面にしゃがんで鉄片で床板にこびりついた魚の鱗をこそぎ取っている。三十過ぎの背の高い痩せた男の人がホースを伸ばしてあちこちに水をまき、食べ物を売っていた屋台の下の地面の油汚れを水しぶきで洗い流している……。

まず小さな道に入ると、その小道の左側はセメントのガードレールで、右側にはパンやビスケット、小豆緑豆、缶詰シイタケなどを売る雑貨店やよろず屋がずらりと並んでいた。少女の両親がやっていた露店はセメントのガードレール側にあった。服、金物、カバン、靴などを売る露店が道路沿いに一列に並び、市場まで伸びていた。露店はちょうど市場に流れ込む人の流れに面しており、背後は東勢方面へ向かう車両専用の地下道路に通じ、地下道路の上は鉄道が横切っていた。小道を進んで行くと市場全体の中心部につきあたり、その後半部分が魚、肉、青野菜、果物を売る露店で、さらにその奥に回ったところが卸売りセンターだった。一時期、少女の両親は、夜は長い間復興路の橋の所で夜市の露店を出し、朝はこの卸売市場の中で朝市の商売をしていた。当時この黒山の人だかりができるほど人気のあった市場は、店を開く場所の確保が難しく、両親は高額の借り賃を払って他人の露店の権利を又借りしていた。しかし常に固定の場所があるわけではなく、入口のいちばん賑やかな場所が手に入る時もあれば、時にはあまり場所のよくない奥まった端の方にやられることもあり、そのあたりになると客はもうまばらだった。少女の家の露店で売っていたのは箱単位で「まとめ買い」して来た女物の服で、スーツ、カジュアルウエア、ブラウス、ズボン、スカートなどさまざまだった。一度に千点以上の服をまとめて買い取り、購入コストを低く、利潤も低く抑えていた。こうして売り値が安くなれば早く品物を売りさばくことができたが、値段の高い服を売っている露店のように、ゆっくり客とやり取りしたり、値切り交渉があったり、一枚売れば二枚分の高い利潤が上がるわけではなかった。両親が商売で稼ぐのは転売の利鞘であり、大量に買い入れ大量に売りさばく、お札は転売の間を通り過ぎる福の神に過ぎなかった。なぜこのような商いの方法を選択したのか知らないが、次から次に小切手を切って繋いで行くには、銀行に入金する大量の現金が必要だったからかもしれない。しかし品物を見誤ると、元手まですってしまいかねなかった。一見誠実で物静かな夫婦に、もしかすると博徒の血が隠されているのかもしれない、そう少女は思った。彼らは一定の間隔を置いて次々に賭けをした。その時ばかりは、家じゅうの者の神経は極度の緊張でぴんと張り詰め、ちょっとでも油断をすれば、全部すってしまうのではないかとひやひやしていた。

彼女の家の女物の服を売る露店はとうに片づけが終わり、家族は借りていた小さな部屋で休んでいた。だが少女は市場の中を、あちこちぶらついていた。本当はとても疲れていた。明け方の四時か五時に起きて、朝の時間はまるまる懸命に働き通しだったので、家族全員疲れ果てていた。少しでも多く休むべきなのだ。じきに夕方からの夜市の準備をしなくてはならないのだから。

その部屋は実のところ部屋とは呼べない代物で、どれだけひいき目に見ても市場の壁側にベニヤ板で囲っただけの四角形の間仕切り小屋で、頭上は市場のトタン屋根だった。ベニヤ板の間仕切りの上端とトタン屋根の間には大きな隙間があった。三坪に満たないこの小さな部屋の中に大きな木の寝台と二脚の椅子が置かれ、間仕切りの両端から電線を引き込んで真ん中に電球が一つぶら下がっていた。それだけだった。少女はこのみっともない部屋の賃貸料がいくらするか知らず、知っていたのは、最近数か月父はずっとここに住み、母もよくやって来て夜を明かしていたことくらいだった。おそらく車で四十分はかかる神岡から豊原までの移動時間の無駄を惜しんだのでもあろうし、あるいは朝比較的いい場所を手に入れるために思い切ってそこに住んだのかもしれなかった。いずれにせよ両親が彼女になぜそうするのか言うはずがない。夏休みがやって来て、弟や妹とともにしばらく両親と暮らすことになって初めて、このような場所に住むのを知ったのだ。夜、彼女はいつも眠れなかった。みすぼらしさが彼女を辛くしたからではなくて、安心できなかったからだ。目を見開いて間仕切り板とトタン屋根の間の大きな隙間を眺めていると、いつでも誰かがそこから忍び込んで来そうだったし、たくさんの目がそこにはりついて覗き見をしているようでもあった。家族みんなが揃って寝れば温かく幸せな気持ちになるはずなのに、彼女はただ取り残され、間違った場所に置かれたようにしか感じなかった。いつ頃からだろうか、常に周囲の環境と、ひどい時には自分の家族ともしっくり来ない気がするようになっていた。

少女はがらんとした市場の中をあちこち歩きまわっていたが、だからといって何か彼女を惹きつけるものがあったわけではない。単にあの小さな部屋に戻る時間を引き延ばしていただけだ。一種の緩衝作用のように、気持ちをゆっくりと平静な状態に戻す必要があった。激しい呼び売りが終わるたびに、全身の力を使い果たした。まだ子どもだったのでそんなに精を出す必要はなかったのに、じっとしていられなかった。もしかするとそんな売り買いの過程に一種の魔力があったのだろうか、普段はあまり話をしない母が、丸椅子の上に立って声を張り上げると、夜の親睦パーティーの司会をやっているみたいになった。ユーモアがあり、心がこもっていて、人を笑わせ、群衆を包み込む魅力にあふれていた。若い男女もおじさんおばさんも催眠術をかけられたように、みんな一種の陶酔した気分に陥り、知らず知らずのうちにポケットの中の紙幣を取り出すのだった。だがこのような魔術は人が多い時にこそ威力を発揮するもので、寄りつきが悪く、猫のように露店の前を二、三人うろついているだけ、そういう時の客は実に始末が悪かった。商品に文句をつけたり、買い叩いたり、何度も試着をしたり、ぐずぐず迷っていつまでも決めないので、彼らに思い切って買う決心をさせようとすると、まるで身を切られるように痛がった。母は興味をなくしてそういう客とは口一つきく気がなく、父は口べたで、せいぜい「安いよ」「ダンピング品の大売出しだ」「お客さんちょっと見て行きませんか」くらいしか言えず、気のない言い方でもあったのでちっとも惹きつける力がなかった。しかし人の流れが一度こっちに集まると、通りがかりの人までわけもわからず近寄って来た。人が多くなれば、母は充電が完了し、強力な薬を飲んだように、全身に力がみなぎった。一分前まで病弱そうに、そばで居眠りをしているか、横で煙草を吸っているかしていたのに、一瞬のうちに舞台の上の大スターのようになるのだ。説学逗唱〔話す、物まね、笑わせる、歌う〕を織り交ぜて、その姿は変化に富み、客一人一人と喋ったり笑ったりした。丸椅子の上に立って通行人の群れに向かって大きな声で呼びかけると、思わず立ち寄らせてしまうのだった。人はある一定の数が集まるとみんな理性を失ってしまう。服が売り切れては大変だとばかり争って買おうとするし、ひどい時には同じ物を奪い合って試着どころではなくなり、これ以上安い時にはもう二度と巡り会えないような気になった。母は言葉巧みに、この沸き立つような熱気に絶えず熱を送り込み、少女もそばで声を張り上げて呼び売りをした。この時弟も妹も人の群れに加わった。客のために服を探してあげたり、包装したり、代金を受け取ったり、コソ泥がいないか注意を払ったりするのだ。みんな何か幸福なムードに包まれている気がして、気分は途切れることなく高揚した。話をする時も笑顔が絶えず、どの客もみんな恩人のように見え、幸福がすでに目の前に来ているようだった。もう少しがんばろう、もうしばらくの辛抱だ、家族全員が無言で励まし合って、紙幣を一枚受け取るごとに、服を一セット売るごとに、気持が高まって行った。

しかし、このようなムードは普通、二時間続けるのがやっとだった。母が丸椅子の上に立って大きな声を上げてから、人の群れが得体の知れない磁力に吸い寄せられて来て、売り買いのピークを迎え、それからじわじわと流れが引いて行き、人がすっかりいなくなる頃には、彼らはもう疲れて動けなくなっていた。クライマックスが過ぎた後のある種のけだるさ、少し虚しさもあった。のろのろと、散乱した服を畳み、地面のビニール袋、紙の箱、客が勝手に捨てたごみを片づけ、商品を包んで箱にしまい、父が物を全部貨物用の車に積み込むのを待った。少し前までまだ客が大勢売り場を取り囲み、人気も買い気も特に旺盛で、他の露店が端で見ていてうらやましがるほどの盛況ぶりが、突然すべて消えてしまうと、彼らはただ五人の疲れ果てた、髪ぼうぼうの薄汚れた老若男女に過ぎなかった。お腹がすいてぐうぐう鳴り、ぐうぐうという腹の音が彼らを現実に引き戻した。すべてが常態を取り戻し、生活の中に戻った。もともとこれは昨日と同じ一回の売買に過ぎない。債務はまだそこに待ちかまえていて、大金を稼がないと、明日も変わらずこのように辛い思いをして商売を続けねばならなかった。

少女はまだがらんとした市場の中で探し求めていた。体は一枚の分厚くて重いオーバーをはおっているみたいに疲れ切っていた。小さな赤ブドウの実を一粒、足で蹴って行きながら、一歩一歩それを追いかけて、赤ブドウが赤いボールのようにくるくる回るのを見ていた。少女は市場を通り抜けて家族が借りている小さな部屋の前で立ち止まり、振り返ってこのすでに幕を下ろした舞台をじっと眺めた。

市場の中はいつも雑多な種類の鼻をつく匂いが充満していた。腐った野菜や果物、魚や肉の生臭い匂い、鶏やアヒルの糞尿の匂い、それに鹹水鴨〔アヒルの塩水煮〕や豚足の煮込みなど調理ずみの食品が放つ匂いはさらに複雑で独特だった。夜市を終えてここに戻って来るともう夜中の一時になっていたが、熟睡する間もなく、明け方の三時前には続々といろいろな音がし始めた。大型貨物車がキャベツや白菜を満載して入って来ると、露店商は店を開く準備に取りかかる。車の音と人の声、鶏やアヒルの鳴き声と家畜を追いかける声が、あちこちで上がった。少女が人と車の騒音の中でうつらうつらしていると、急に父が何か思いついたようにベッドから飛び起きて大声で言った。「早くしろ、間に合わないぞ」母は目をこすりながらしぶしぶ寝床から起き上がった。ようやく朝の四時半を回った頃だ。

ここに来てから彼女はずっと睡眠が浅かったが、それなら両親はもっとひどいはずだった。両目を赤くしている両親を見ながら、なぜ生きて行くのにこれほどまでしなければならないのかと思った。金が不足し、負債をかかえ、金を稼ぎ、借金の返済をする、これが人生の真相だった。いっそ目にしなければ辛くならないはずだ、この時彼女はどんなにか弟と妹を連れて田舎の家に戻りたかったことだろう。まだ子どもだった彼女に、何を苦痛というのか理解できたのだろうか。だが苦痛は確かに痛切だった。何かのショーをやっているような「武場」式の商売のために、両親は性格まで変わってしまい、商売の浮き沈み、天気のよし悪しによってころころ変わった。子どもに対する態度もそうで、特に彼女に対しては、機嫌がいい時はかわいがり褒めちぎったが、腹を立てている時は怒鳴りつけケチをつけた。時には彼女がすべての苦難を作った源だと言わんばかりに、信じられないような恐ろしい言葉を口にすることもあった。

彼女は鼻をつまんで臭気の襲来を防ぎ、静けさを感じるために耳をふさいでさまざまな騒音から逃れ、両眼を固く閉じて残酷な現実がじわじわと家族を侵食していくさまを見ないようにした。このような逃避的な動作の中で、彼女は自分の家族が疲れを感じる暇もないくらい忙しく、苦労するのがあたりまえになっているのを眺めていた。一家そろってがんばっているのに、なぜ彼女はその外に身を置こうとするのか。がまんできなかったのは実際には彼女一人だけ、解きようのない疑惑を持っていたのも彼女だけだったのかもしれない。解答を与えることができる人はいなかったし、彼女にしてもすでに解答が何であるか知っていた。借金をすれば金を返すのは世の中の常識であり、あれこれ尋ねて何になる、手伝いたくないならそこをどいてくれ、なのだ。

弟と妹はままごとの道具を持って隅の方で遊び始めた。両親の露店の前はもう客でいっぱいになっている。誰かが彼女の名前を大声で呼んでいるようだ。母だ。少女は有能な助手で、やっと手伝いに来たというのに、顔を出さないなんてありえない、そう催促していた。母が催促していたけれども、そこに人を食う野獣が待ちかまえているみたいに、彼女はいつまでも前に踏み出すのをためらっていた。

しかし結局は出て行った。毎日同じ生活の繰り返し。彼女はあのホームドラマに参加して、しっかり者の姉の役と聞きわけのいい娘の役を上手に演じ、みんなが彼女にうまくやるように要求する事をすべて一生懸命にやってのけた。

彼女は母の呼び声に抵抗することができなかった。

何日目のことだったか、家の中に閉じこもって外出できないでいた。どこでもいいからちょっと出かけるべきなのに、普段なら服を着替え、バッグをしょって玄関のドアを開けるのに、どうしてもドアから外へ出られなかった。ドアは開いていた。通路はすぐ目の前にあった。エレベーターは三メートル先にあり、開閉ボタンを押しさえすれば、地上に連れて行ってくれる。それなのに出られなかった。出かける理由が見つからない。あるいは理由はたくさんあったが、自分を説得できなかった。

いろいろな痛みが、私が生きていることを気づかせてくれる。いつも、私は名前がわからないさまざまな病痛の中にいた。頭痛、足の痛み、背中の痛み、腰痛、目の痛み、喉の痛み、胸の痛み、月経痛。病院に行くのはデパートをぶらつくようなもので、すべての科を回り、健康保険カードはゴールドカード〔全民健康保険のＩＣカードのこと。受診ポイントが六ポイント増えるごとにアルファベットのＡから順に上がっていき、Ｇは三十七ポイントから。クレジットカードのゴールドカードをもじったもの〕を使うまでになり、体はまるでぼろ布を引きずっているようなものだった。どれも本当に病気かもしれないし、そうでないかもしれない。全部自分で想像して作り上げたものなのだろう。ある医者は聴診器を持っていいかげんにちょうど痛んでいるみぞおちに当てる。「なぜかいつも胸が痛いんです」と訴えると、医者は私を見ながら言う。「どこも悪くないですけどねえ」私を立ち去らせようとしているのがわかる。まるで私が医薬品をいちばん無駄遣いしている人間みたいに。この時私は病気でもないのに呻いていた。少しでも判断力のある人なら、精神科の診察を受けるべきだと思うだろう。ちょうど私がくどくどと書いているものと同じで、確定できなかった。記憶の中のある部分を掘り起こすと、覚えているものとは違うものが見えてくる。実際は何も覚えていないのだ。意識がはっきりしている時、頭の中はからっぽだった。

雨が降って来た。じめじめ湿っぽくて寒い。朝、目が覚めて曇った空が見えると呼吸を止めたくなる。その実何が起こるわけでもない。私はパソコンをたちあげて、ファイルを開ける。昨晩は何を書いたのか、びっしり並んだ文字の跡。それは他人の人生。

私はつねづね天気のせいで病気が起こるのだと思っている。

今度は何の病気？　症状ははっきりしているが、病名は不詳。でも天気さえよければすぐに治る。私はわかっている、雨が降っているせいだ。

引っ越し前で気持が落ちつかないのか、それとも箱詰めや荷造りをやったので部屋が今はめちゃくちゃの状態で、至る所散らかっているからか、とにかく使いたい物がきまって見当たらなかった。どこも埃だらけで、この混乱した情景が私をますます気落ちさせた。体の向きを変えたらコップに当たって落としてしまい、振り返ったとたんに足を洋服ダンスにぶつけてしまった。何やってるの、もたもたしちゃって。私はぶつぶつ言いながら、一人で悶々とした。まぎれもなく私の方から引っ越すと騒いでおいて、腹を立てる資格などあるわけがない。引っ越しが終わればすぐによくなる。すっかり片づいてしまえば、安心して生活できる。生活は少しずつ、ゆっくりと、よくなっていくはずだ。

そうかしら？　私は信じない。

真夜中にひとしきり降った大雨が、私を記憶の深みに押しやった。そこには何があるのだろう？なぜ私をこんなにうろたえさせるのか？

なおも私がぼんやりしていると、あなたが後ろから私を抱きしめ耳にそっと触れて言った。「西門町へ映画を見に連れて行ってあげる」あなたの声が私を現実に連れ戻した。あなたは映画を見に連れて行ってくれると言う。何か大切なプレゼントを両手で捧げて私に差し出しているみたいだ。だが本当は、私が部屋の中でいつまでも落ち込んでいないように、何か理由を見つけて外へ連れ出したいだけなのだ。

じゃあ西門町に行こう。どこでもいいから、私をここから連れ出してちょうだい。

初めてのデートの時、あの日、地下鉄の西門駅六番出口を出て、道端に立ち、きょろきょろまわりを眺めていた。湧き出て来る人の波の中で、どれがあなたかわからない。顔がわからないはずはないけれども、あふれる思いと想像のせいで、私の印象の中のあなたの姿が変化していないとは断定できない。私の記憶はまるで信用ならない。続けて眺めていると、向かい側に真善美劇場が見えた。以前誰かとそこで待ち合わせをしたことがあったが、附近の商店にもう当時の面影はなかった。何年前の事だったろう。あの時もこんなうろたえた顔をして道端であたりを見回していたのだろうか。一つの悲しい物語のように、いつも絶え間なく相手を待ち続け、そのうえ必ずお互いすれ違ってしまう。ただその時悲しい思いをしたのは結局どっちだったのかはっきりしないだけだ。

出口の所をまだうろうろしていると、目の許容範囲を越えて人や車や景色が飛び込んで来て、すべてが焦点を失いぼんやりして来た。私は必死に焦点を一つに合わせて自分の神経を集中させようとした。道の入り口に龍袍〔皇帝が着ていた竜の模様の礼服〕を着た人がいた。その格好はひょうきんで変てこで、拡声器を手に丸椅子の上に立って大きな声を張り上げていた。「台湾阿誠紹子麵、世界中でいちばんおいしい麵」大げさなパフォーマンスとよく通る声が道行く人を惹きつけていた。私は何が台湾阿誠なのか知らなかったが〔「台湾阿誠」は二〇〇一年から一年間放送された連続テレビドラマ。一九五〇年代を背景にした阿誠の立身出世物語。紹子麵はふかひれ、きくらげ、豚ひき肉などが入ったとろみ餡をかけて食べる麵〕、彼がこのように呼び売りをすると人の群れがそっちの店の方に流れて行った。みんな思い思いの格好をして四方八方へ歩いて行くのを、ごちゃごちゃした一つの風景を鑑賞するみたいに眺めて、騒々しい人の流れを自分とは無関係なものにしてしまうと、わりと楽に耐えることができた。あれこれとくだらないことを思いめぐらせていると、突然あなたが必死に人ごみをかき分けて私の方へ歩いて来るのが見えた。サロペットのジーンズをはき、格子柄のシャツを着て、大きな声で私の名前を呼んでいる。あなたは本当に若かった。紅潮した顔、澄んだ大きな目、美しい顔立ちの好みのタイプ。まるでここ西門町界隈でよく見かけるいい年をしたおやじがするように、若いあなたと援助交際をしているみたいだ。

その日、私たちは「藍宇」〔邦題「情熱の嵐～LAN YU～」。二〇〇一年香港関錦鵬監督作品。男性同性愛を描いた中国のネット小説「北京故事」を映画化したもので、台湾最高の映画賞である金馬賞を受賞した〕を見に行った。この一本の悲しい映画が私たちの愛を成就させた。そんなにたいした映画でもなかったのに、映画館を出た時、二人とも気持がそわそわして自分を抑えられなくなっていた。緊張のため私は一心に映画の批評を始めた。よけいなことを話すべきではない時に限ってくどくどと話した。あなたはただ笑っているだけだったが、きっと私がそんなにくどい人間だとは思ってもみなかったに違いない。あなたは私の手をとって立ち止まり、道端のベンチを見つけて腰を下ろした。あなたがじっと見つめるので私はしかたなくうつむいて、またくどくどと喋り出した。「緊張しないで」とあなたは言った。顔を上げて見ると、あなたの顔は真っ赤だった。いったい緊張しているのはどっちだろう。それから私たちは路上でキスをした。

いったいどちらが先にしようとしたのかはっきり言えないが、あの日、人であふれかえる路上であなたにキスをし、あなたは私にキスをした。大勢の人がいろいろな声を発してそばを通り過ぎて行った。路上でキスをしていると、あなたのやわらかい甘く湿った唇と舌の先を通して、たくさんのエネルギーが口から体にしみ込んで来た。世界中にキスをすることだけが残っているみたいに、何度も何度もキスをした。空がしだいに暗くなり、どれくらいの時間が流れただろう、私たちはまだキスをやめなかった。単にあなたがきれいだったからか、それとも長時間のキスで脳が酸欠状態になり、思考できなくなっていたからか、確かにあの時私はこの上ないほどの勇気を感じ、ともに歩いて行けると思ったのだった。

まるでつい先日の出来事のようだが、しかしすでに遥か遠くに過ぎ去り、まだらになってしまった。あの日は本当にあったし、その後も本当にあった。つき合っていた間のエピソード、かつて味わった喜び、私は嘘をついていない。

私たちは何度も西門町に行った。恋人ならともに過ごす場所はほかにもたくさんあるはずなのに、いつもぶらぶらと西門町へ戻って行った。おもに映画を見て、お金がある時は絶色影城や真善美劇場に行って封切り映画を見、お金がない時は西門劇場でセカンドランを見た。運よく招待券が手に入って無料でいろいろな映画祭を見たこともあった。映画を見るほかは、食べ歩きをした。あなたはタピオカミルクティーが好きでどの店がいちばんおいしいか知っていたし、長蛇の列ができる阿宗麺線〔台湾独特の細麺を使った西門町で有名な立ち食い麺の店〕と堂本家の日本式シュークリームを、なぜか二つ一緒に食べたこともあった。遊びに加わる気分で通行人の後にくっついて、アクセサリー、玩具、流行の服や帽子や靴や靴下を売っているしゃれた店の間を行ったり来たりしたが、歩行者専用ゾーンを歩いていても、道いっぱいの人でもみくちゃにされて身動きが取れないほどの混みようだった。騒がしいのが嫌で、人が嫌で、公共の場所では思わず取り乱してしまうのに、なぜ西門町に行こうとしたのかわからない。そんな賑やかな所でデートするのは始めから好き好んで苦しい目に遭うようなものなのに。

煙草が吸いたくなったので、あなたを近くに待たせて、自分だけ道の反対側に行き、煙草ケースを開けライターを取り出した。そこの空気は最悪で、ありとあらゆる変な匂いが集まっていた。でも煙草の匂いに敏感なあなたの前で気持よくスパスパ吸ったりできない。火をつけて、最初の一口を吸い込んだ。あなたが私の方を見ていて、行き交う人の波が私たちを隔てていた。ゆっくりと煙を吐き、目の前をあわただしく通り過ぎて行く人々を眺めながら、なぜこんな所に来てしまったのだろうと思った。通りをぶらつく群衆の中の一人になる、それはずっと私がいちばん恐れていたことだ。商売をやっている場所ならどこでも緊張してしまい、特にこうした露店や小さな店が林立する繁華街は、私の記憶の中の苦痛を感じる部分とあまりに近すぎた。自分では物事は分けて考えるべきで、昔の出来事の中に生きるべきではないとわかっていたけれども、私が思い出にかかわろうとしなくても過去の方がお化けのように出没した。私が立って煙草を吸っている十字路では、いろんな店の店員が何人も繰り出して、大きな木製の看板や宣伝用ポスターを貼ったパネルを持ったり、珍しい奇妙な撮影用衣装を着たりしていた。中には愉快そうに大げさな動作をして通行人の注意を惹きつける者もいた。宣伝ビラをまいたり、ティシュを配ったり、割引券を渡したり、ありとあらゆる宣伝方法があった。私はいつのまにかいくつもサンプル品やチラシ、ティッシュを手にしていた。西門町は全面改修の後若者たちの流行の聖地となっていて、私の記憶の中の台中豊原の夜市、繁華街、夕方市、青物市とはまったく違う。しかし売り買いで賑わう場に身を置いて、大勢の人たちが商売をやっているのを見、ひっきりなしに聞こえてくる呼び声や騒々しい声を耳にすると、知らず知らずのうちに頭がぼうっとなって来るのだった。

本当にそんなに怖いのか？　私は自分に問いかける。長い歳月を経て振り返っているのに、物事に対する見方は何も変わっていないのか？　あの物売りの生活にもそこに身を置かなければ味わえない楽しさが詰まっていたのではないか？

家を出てからもうずいぶんになる。私は三十二歳になっていた。もし両腕を力いっぱい振り上げると空高く舞い上がることができるなら、人と車がひしめき合うこの町を通り抜けて、高く遠く舞い上がり、家族、思い出、悪夢を全部捨て去り、いっそのこと心身の病痛にまといつかれた体も捨て去って、軽やかに飛翔できるのに。

でもどこに飛んで行けばいいのか、周囲はどこも楽しそうな光景ばかりで、場所が見つからない。私はすでに記憶の中の無数の混乱した市場の中に迷いこんでいた。

台北に来てから、何度もあなたと公館や師大のような大学の周辺にある夜市をぶらついた。だがそのような所のどこがおもしろいのか、実はよくわからない。私には、露店商がひしめき合う所はどこも恐ろしかった。人が増えるとすぐに騒がしくなる所、商店や平台がたくさんある場所ならどこでも緊張してしまい、デパートでさえぶらつけなかった。洋服を買うのはもっと嫌で、服が大量に積み上げられていたり、きれいにたたんで並べられていたりするのを見るだけで、頭痛がして来た。あなたと一緒にいたいからか、それとも自分の心の傷を克服したいからか、何度も何度も、私はあなたと大通りや横町をぶらついた。傷を負った人間がたびたび現場に舞い戻るように、触れるに堪えない思い出を一定の距離をおいて眺めながら、その時私は何を考えていたのだろう。

　私たちの住まいに近いビルの騎楼〔二階から上が歩道の上に突き出ているアーケードのようになっている所〕の下に、鹹酥鶏を売る屋台があったので、夜ときどき何か食べたくなると、私たちはよく買いに行った。初めて行った時、その店が五人で切り盛りされているのを見て、興味が湧いた。詳しく観察してみると、もし推測に間違いがなければだが、どうやら彼らは一つの家族で、屋台を出している騎楼の所から奥に続いている二、三坪の広さの小さな店に身を寄せ合って暮らしているようだった。屋台を受け持っているのが三人。左手のてんぷら鍋のそばで母親が揚げ物をして、真ん中の背がやや高い、兄に違いない男の子が客の応対をしていた。「香鶏排〔鶏のから揚げ〕一つ」、「鹹酥鶏の大を一袋」、「いんげん豆のから揚げとさつま揚げ」、客が具材を指さして注文すると、男の子は客が指さした順番に材料をプラスチックの小さなザルに入れて母親に渡した。右手のもう一人の男の子は揚げ終わったものに胡椒や唐辛子粉を振りかけ、紙袋とビニール袋で包み、会計をして代金の受け渡しをしていた。店の中ほどを覗くと、蛍光灯に油煙がこびりついているせいで光が暗く感じられ、五人の顔の表情も身なりも油煙がしみ込んだようにぼやけて濁って見えた。店の中は何の飾りつけもなく、非常に粗末だった。いちばん奥のベニヤ板で仕切った裏には何があるのだろう、彼らの住処だろうか？　店内の空間が隣のビデオ店や軽食店よりも狭かったので、店の後ろにまだ余った空間がありそうな気がしたものの、しかしそんなに広いはずもなかった。おそらく家族全員が奥に仕切って作った一つか二つの小さな部屋の中で窮屈に暮らしているのだろう。

鉄製の屋台車の後ろは、右側に粗末な調理台があり、水槽の近くで父親とおぼしき中年の男の人が手を休める間もなく鉄の盥の中の鶏肉に一切れ一切れ小麦粉をつけて、もう一つの鉄の盥に投げ込んでいた。そばのテーブルの上にはこれから洗ったり切ったりして下ごしらえされるのを待っているカリフラワー、豆、しいたけ、さつま揚げなどが一面に並べられていた。もう一人、小さな女の子がいた。小学校一、二年生くらいで、浅黒くて小さな顔に目、鼻、口が押し合うようについている。その子は食材がいっぱい広げられたテーブルの端でうつむいて宿題をしていた。テーブルの上は物であふれかえっていて、食べ物、十インチの小さな白黒テレビ、さらに女の子の教科書やノートや筆箱が置かれていた。みんなが忙しく働いている時、少女は宿題に専念していたが、テレビや周囲の人の動きが気になるふうで、ちょくちょく頭を上げ、それからまた慌ててうつむいて教科書に目を落とし、鉛筆を動かしていた。

「さっき、小さな女の子のこと気をつけて見てみたらね、」ある晩、あなたはいい香りのするフライドチキンに胡椒を振りながら言った。その夜、あなたは鹹酥鶏を買いに行き、私は隣の屋台に皮蛋痩肉粥〔ピータンと豚の赤身肉の入った粥〕を買いに行って、その屋台には寄らなかった。

「少しも辛そうじゃなかったわ。てんぷら鍋のそばで、母親に揚げるのを手伝うと言ってしきりに騒いでいて、表情は見るからに面白がっているみたいだった」あなたは言った。「あの子が心の中で何を考えているかわからないけれど、あなたと知り合ってから、小さな女の子を見かけると特に注意して見てしまうの」

　私もわからない。その子は本当に楽しいのかもしれない。一家総出で屋台をやるのは、人手が増えるほかに、世話をするのも便利だからだろう。そうしないと小さな子どもを一人家に置いて来ることになる。二人の男の子が精を出してきびきび働いている様子を見ると、賢くて聞きわけのいい子どもたちだとわかる。昼間は学校に行っているのだろうか。なぜ女の子だけ宿題をしているのだろう。男の子は中学生のようだが、こんなに一生懸命に手伝いをやって学校の勉強について行けるのだろうか。

　この世界にどれだけ多くの子どもたちが両親と一緒にさまざまな露店で働いていることか。夜市だけでなく、道端のいろいろな麺を売る屋台にも夫婦が子ども連れで商売をしているのをよく見かける。時にはなんと檳榔《びんろう》の露店でも小さな子が檳榔売りを手伝っているのを見かけることがある。

「私のように甘やかされて育った人間だけが、こんな苦労は耐えがたいと思うのでしょうね」私は言った。

「そんなこと言うものではないわ。あなたが悪いのではないのよ」あなたは言った。

　さあ、食べましょう。フライドチキンは冷めたらまずくなる、私はぶつぶつ独り言を言った。「あなたが悪いのではない」なぜみんなこう言うのかしら。ではいったい誰が悪いの？　同じ出来事でも異なる人の身の上に起こると違う結果が生まれる。私は自分がどんなことでもその中に溶け込める人間でありたいと心から願った。もう少し適応性があって、そして、あまり感受性が強すぎてもいけない。

服を売る生活はそういつも辛いわけではない。あれを経験しなかったら私はどうして人の世の苦労を理解できただろう。まして私のまわりではたくさんの奇妙で面白いことが起こったのだから。それがつまり人生が人を夢中にさせるところではないだろうか。角度を変えて考える、これは私が最も得意とするところだ。気持ちを切り替えると、世界が違って来る。でもあちこち切り替えているうちに道に迷ってしまい、どの片隅に入り込んだのか、出られなくなってしまった。

現実では煙草を一本吸っている間だったのだが、いろいろなことを思い出してしまった。我に返った時にあなたはもうそこからいなくなっていた。どこに行ったのだろうと不審に思って、慌てて煙草を消してあなたを探し始めると、だんだんパニックをきたして来た。どこに行ったの？　たった今本当にあなたと手を繋いで道を歩いたのかどうかもあやしくなって来た。実際には私一人でここに来て、賑やかな老若男女の間を歩き回っていたのかもしれない。しかし真実の私が存在する場所には誰一人いない。

混みあう人ごみの中であなたは私に理由もあかさず永遠に姿を消してしまったようだった。

通り過ぎてしまった。はぐれてしまった。いつもこのように反対の方に向かって駆けて行き、ますます遠ざかってしまう。

　パニックになっているとあなたが私の手をつかんだ。「どこに行ってたの？」私は尋ねた。「ずっと元の場所にいたわよ！」あなたは言った。

　なんだか同じことを言った人がいたような気がした。言ったのは私の妹だ。「ある日私は弟と妹を連れてサーカスを見に行った。その日、私は妹が行方不明になったと思った」私は小さな声でつぶやいた。「何言ってるの、聞こえない」あなたは大きな声で言った。附近のカリフォルニア・フィットネスクラブが流行りの音楽を流していて、さほど遠くない所ではアイドルスターが歌とサイン会を催していた。騒々しい音と歌声が私の話し声をかき消した。「別に何でもない、さあ映画を見に行こう」私は頭を振った。

　あなたたちは元の場所にいた。そこを離れていたのは私の方だった。


　私が口に出さなかった物語はこうだ。

　卸売り市場に住んでいた夏休み、少女は弟と妹を連れてサーカスの公演を見に行った。弟と妹が迷子にならないように、少女は服を梱包する布製の紐で三人を繋ぎ、市場のそばの小さな道を通ってゆっくり歩いて行った。道みち、三人はうきうきしていた。うっかりすると布紐が体にからまるので、ゆっくり歩いていたが、妹は歌まで歌い出した。彼らがこうして出かけるのは初めてのことで、父と母に長々とねだってようやく許してもらったのだ。公演の場所に着くと、やはり近隣の町や村から評判を聞きつけてやって来た老人や子ども連れの人たちでいっぱいだった。聞くところでは、これは豊原地区に初めて訪れた外国のサーカス団の公演ということだった。チケットがいくらしたか忘れてしまったが、確か母が事前に隣の子ども服を売っているおじさんに頼んで買って来てもらい、半券はポップコーンとホットドッグに交換できた。

弟はピエロのショーが好きで、妹はライオンの火の輪くぐりが好きで、少女は空中ブランコが気に入った。美しい女の空中ブランコ乗りが一本の薔薇の花を投げて落とし、少女が拾った。彼女は薔薇を布紐にはさんで、三人で一緒に家に持って帰った。

ショーが進行する間じゅう、少女は布紐をしっかり握り閉めていた。この紐が幼い弟と妹を一つに繋いでいること、二人を迷子にしてはならないことを知っていた。ショーが半ばまで進んだ時、弟がおしっこをしたがった。その時ちょうど大きな熊が変てこな衣装を着て歩いたり踊ったりしていた。弟ががまんできなくなったと言っても、妹はショー見たさに席を離れるのは嫌だと言った。どうすればいい？　そこで少女は紐をほどいて妹を一人座席に残した。「勝手に歩き回ってはだめよ。戻って来るまでおとなしくしてるのよ」繰り返し言い聞かせて、弟をトイレに連れて行った。だが戻った時、座席に妹の姿が見えなかった。妹がいなくなったと思い、彼女はひどく慌てた。前に一度、弟が公設市場で迷子になったことがあった。あの時はみんなで方々を探しまわり、警察にまで通報し、さんざん探してやっと見つかったのだった。彼女は取り乱して頭がおかしくなりそうだった。今度は妹がはぐれてしまった。どうしてこんなことが起こるの？　彼女が連れて来たのに、家に帰ってどう説明すればいい？　この次から両親は二度と彼女に弟と妹を連れて遊びに行かせないだろう。あせるあまり今にも叫び出さんばかりになって周囲を見渡していると、騒々しい音楽の音の中から妹が大きな声で叫んでいるのが聞こえた。「お姉ちゃん、私ここよ！」「どこに行ってたの？」少女は泣き出しそうな声で妹を問い詰めた。「私ずっとここにいたのに」妹はわけもわからずに叱られたので泣きそうになった。彼女はずっと元の場所でおとなしく座っていたのだ。少女の方が探す方向を間違い、座席を勘違いしたのだった。

あの夏休み、サーカスを見た後、少女は何度も一人で映画を見に行った。映画館は彼女にとって束の間の避難場所になっていた。

客から受け取ったお金を五元、十元とこっそりポケットに隠しておき、少しずつ貯めてお金ができると、夕方、父と母が寝ている隙をねらってこっそり抜け出した。くねくね曲がった路地を避け、小路を歩いてまっすぐ「豊源劇場」に駆けこんだ。どんな映画がかかっていてもよかった。こうして二時間逃げ出すのだ。彼女はもう十二歳になっていたが、母はなんと市場の中で体を洗わせようとした。いいわけないでしょう？　大人はいつだってわかっていない。外からは小さな子どものように見えてもそれは決して小さな子どもを意味しない。人に裸の体を見られるじゃないの！　月経はまだ始まっておらず、体はまだどこにも女性の特徴を表す発育は見られなかったけれども、彼女が早熟で敏感な子どもだとまさか母親なのに気づかないのだろうか。「体を洗わないとものすごく臭いわよ」こう彼女に言ったのは誰だったかしら？　彼女は自分の体からすえた匂いがして来そうになると、公衆便所の中に隠れて小さなタオルで体をじっくり拭いた。便所はとても臭くて、徐々に腐って行く彼女の体のようだった。
彼女は一人で、誰にも見つからずに、暗い映画館に隠れた。ここは彼女の隠れ家だった。どんな映画を見たか、忘れてしまった。覚えているのはあの夏休みがとても長かったことと、がらんとした映画館の中に観客は数えるほどしかいなかったこと、喜劇なのに泣き出してしまって、泣き疲れると眠り、目が覚めるとまた映画を見続けたことだけだ。映画の中の話は、彼女の涙と居眠りの間で途切れ途切れに続き、その一部は彼女の夢の続きのようでもあり、あいまいで判別がつかなかった。映画が終わると、館内は急に灯りがつき、彼女は明るい光線の中で茫然として、はっと現実に引き戻された。時間だ、帰らなくては。夜にはまだやらねばならないことがたくさんある。彼女はゆっくりとした足取りで、先ほどの映画のストーリーを回想し、見なかった部分は自分で想像して、切れ切れの混乱した夢の世界をつけ加えた。二時間の時の流れは彼女に孤独で温かい休息を与えた。映画館を出て、しぶしぶ復興路の夜市に戻ると、両親は彼女を叱る時間もないほどてんてこまいの忙しさだった。あるいは彼らは彼女の行方を探りたくなかったのかもしれない。うまくバランスをとって、彼らはこれまで互いに相手の秘密を理解しようとしたことがなかった。

ついに引っ越した。明るくて清潔で安全で美しい場所だ。住み始めたばかりの最初の一、二か月は、すべてうまく行っているように思われた。私は集中して、コンスタントに物を書き始めた。あなたは真面目に働き、私たちは普通の夫婦のように暮らしていた。だがこのような生活の中で自分がだんだん分裂し壊れて行くのが見え出した。かつて持っていた夢、私が口にした愛に満ちた言葉があなたを縛る枷に変わった。黒いノートに書かれているこれらの動かぬ証拠を私は取り消したりしないが、しかし突然変形したのだ。私はよそよそしく、冷淡で、融通がきかなくなり、理由もなく、また理由をはっきり言えずに、ただ別れることばかり考え始めた。

「私たち二人は合わない」と私は言った。「誰があなたに合うの?」あなたは反論した。「あなたに合う人っているかしら?」あなたはまた尋ねた。「誰とも合わないのなら、なぜまだ試そうとするの?」あなたは言いつのった。

私に合う人はいないかもしれない。私でさえ自分とどうやっておだやかに共存すべきかわからないのだから。

「なぜ私たちの家を捨てようとするの?」あなたは大声でわめいた。美しい目の中に悲哀の涙があった。もう何度もうんざりだ。あなたは見えないのだろうか? 私はあなたが触れることができない所に向かって突き進んでいる。いつまでもこうやってあなたを傷つけてはいられない。今、自分が最も忌み嫌う人間になろうとしているけれど、それを変えるすべがない。私の心は重量オーバーのエレベーターで、ちょうどピーピーピーという警報音を鳴らしている。はやく降りよう、急いで逃げよう、私はあなたを押しのける。私がこんなに力を入れて押しているのに、あなたはまだ何が起こっているのか気づかないの? 私はいくつにも分裂し始めた。

あの晩のことははっきり覚えている。あなたが河浜公園〔台北市内の北を流れる基隆河に架かる大直橋付近の公園。大佳河浜公園や美提河浜公園などがある〕にサクソフォンの練習をしに行くのにつき合った。私は煙草に火をつけて、河の土手に沿ってゆっくり歩いていた。あなたが吹くぎこちない切れ切れの音符がしだいに遠くへ消えて行く。私はどんどん前に歩いて行き、後のあなたはまだ最初の場所に立っていた。振り返ると、遠くにあなたが見えた。黒のダウンジャケットを着て、小さな体が夜の帳の中に消えてなくなりそうだ。金色のサクソフォンが光り、あなたは一心に口をとがらせて、簡単な音階を練習している。あなたはとても素敵な子だ。それをあなたはわかっているのかしら？　一人ぼっちでそこで真剣に練習をしているのに、私はあなたが追いつけない遠い所に向かってずんずん歩いている。私を愛してはだめだ、私を忘れてほしい。私は絶えず別れを繰り返すことができる人間だ。あなたが悪いのではない。素晴らしかったこと、私がかつてあなたをとても愛したこと、それはみんな本当だ。しかし私は自分の手で壊してしまった。私はのべつ生活を壊して捨てるような人間なのだ。私のそばにいる限りあなたは何度も何度も泣くだろう。

さわやかな風が吹いて私の短い髪を乱す。あなたは音階の練習をきちんとこなし、若い体から旺盛な力がみなぎっている。くれぐれも自分を大切にすべきだ。きっともっといい、もっと優しい、もっとあなたを理解する人が現れて、この混乱した生活から連れ出してくれるはずだ。でもそれは私ではない。この事実を私たちは二人とも知っている。どうか私が冷淡で薄情な態度をとったのを許してほしい。これまで口にした、人を傷つける残酷な言葉、その一つ一つを許してほしい。愛し合ったことがあるからこそあなたとしだいに疎遠になって行く自分を見たくなかった。あなたがくれたすべてはかつてあんなにも美しかった。私はそれらを大切にしまっておくことはできるけれども、しかしどうしても別れなければならないのだ。

最後のデートの時、私たちは恋人として西門町の大通りを歩いた。次から次にやって来る人の波を避けながら、あなたは私の手を繋いで前に進んだ。私はすでに方向を見失い、過去と現在の区別ができず、悲しい昔の出来事から抜け出せなくなっていた。あなたは私の手をとりゆっくり歩いて、映画館の方角に向かった。私たちはいつも映画を見たが、慢性の不眠症にかかっている私は映画館では反対にしょっちゅう居眠りをした。今日かかっているのは何の映画だろう。広々とした映画館の中に座って、まだ映画は始まっていないのに、私は自分を抑えきれずに涙を流し始める。あなたはそっと私の手の平を撫で、何も聞こうとしない。あなたはいつもこう言っていた。もうしっかりした大人になったので私の世話ができる。それなのに私は相変わらずあなたを子ども扱いすると。喧嘩をする時、仲がいい時、何度も私は逃げ出したいと思った。でもそれはあなたのせいではない。私が耐えられないのはこの世界であり、我慢できないのは実際に存在する残酷な人の世だ。生きて行くために一歩一歩残忍になって行く。しかしあなたはまだここにいる。あなたは私を慰めることができず、私はあなたを安心させることができない。すべてが破壊の方向に傾いているのが見えるはずだ。あなたは信じないけれども、私は出て行ったらもう二度と戻って来ない。私は繰り返される争い事を見るのが怖い。絶え間ない言い争いの中で露わになる私の狂気とあなたの狂暴。焦燥と不安にかられた無数の夜に、私は髪をかきむしりながら部屋の中を激しく歩き回った。錯乱した頭の中でたくさんの声が叫んでいる。それはあなたの泣き声だ。あなたが号泣すると、一日中ずっとこだまして、うるさくてたまらない。泣きやんだらどうなの？　私は泣きやむように懇願する。泣かないで、私怖いのよ。だがだめだった。止められなくて、しかたなく薬を一錠飲み、また一錠飲み、薬が効いてきた頃ようやく落ちつきを取り戻す。その度に部屋から逃げ出したい、恋人のもとを離れたいと思い、静かな場所が見つかりさえすれば新しく生活し直すことができると考えた。だが天地の果てまで行っても逃げ切れないのは自分自身からだった。

私はもうすぐここを離れる。このままではだめだ。あなたを愛してないのではない、だがあなたのそばにいると耐えられなくなる。説明のしようがない傷が絶えず私を取り崩し、ますます冷淡で残忍になって行く。あなたにこんな私を見せたくない。早く別れよう。

あなたは原因を尋ねるけれどはっきり言えなかった。愛があるべき姿を失ってしまい、あまりに多くの傷とやりきれなさのために、私はただ別れることばかり考える。

どうすればいい？　永遠はあまりに遠すぎて私には見えず、その日その日をなんとか生き延びている。でも私の世界はいつ崩壊するとも限らない。私には未来はなくあるのは過去だけだ。一層また一層と幾層にも重なる思い出は、まるで何回も生き返って来るように、払いのけることも、抜け出すこともできず、さまざまな形に変化して至る所に出現する。

私を愛してはいけない。私の所はあなたに合わない。

最後の午後、私たちはおんぼろの映画館に潜り込んだ。隣の席から物を食べるさくさくという音や、短い会話が聞こえて来る。観客ははやる気持ちを抑えて開演を待っている。喧噪を含んだ静けさ、この雰囲気、開演を待つ異常な静けさの中で、あなたのやわらかな手の平が私を慰める。顔を向けてあなたを見る勇気がない。別れようとしている決意をあなたに見破られそうで怖かった。あなたの目に映るのが私の顔ではないのが怖かった。涙と鼻水でぐっしょり濡れた顔はあの時市場にいた少女のままだ。大人になっていないのはずっと私の方だった。

音楽が鳴り出した。映画の冒頭にレジ袋の節約使用を呼びかける公共広告が流れ、背の低い太ったタレントと厳粛な署長がおかしな格好をして笑いをとっていた。私は涙が止まらなかった。愛する気持ちを感じた瞬間、一人で映画館に行ったあの頃に戻ったらしい。あの時どんなに悲しくても、救いに来てくれる人はいなかった。いったいいつまで悲しまねばならないのだろう?

遥か遠くに、当時の少女が見える。こっそり市場を抜け出し、長い道のりを歩いて映画館の切符売り場に着くと、つま立ちをしてやっと届く窓口で、切符を一枚買っている。切符切りのおばさんは彼女をちらっと見るがよけいなことは尋ねない。女の子は黒いビロードの布をはめ込んだ分厚いドアを押して、映画館に入った。

その三　時間を売る

家具工場はとてもいい香りがした。いろいろな種類の木材が切断され、型に合わせて裁断されて、大小さまざまな形に切り分けられていた。大工はそれぞれ道具を手に持って自分の作業台の前で働き、空中に飛び散った細かい木くずが一種独特の粒子に変わって、壁の隅の廃棄された材木の上に積っていた。すでに出来上がった物からもうじき完成する物までとりどりの家具が無造作に並んでいる。夕方の五時半、少女は家具工場に父を訪ねてやって来た。ラジオから番組の司会者が昔話をするのが聞こえて来た。呉楽天が「廖添丁伝記」を話している〔一九八〇年代初め、呉楽天が自身の担当する「講古」という伝説や昔話を話すラジオ番組で「伝記人物廖添丁」を台湾語で放送し、それまでの廖添丁の「義賊」のイメージを一新して侠義英雄の物語を作り上げ、爆発的な人気を呼んだ〕。少女は丸椅子を引き寄せてラジオの前に座った。工場で働く大工の棟梁のうち何人かは親戚だった。当初祖父母が田畑を担保に三番目の伯父にこの家具工場を開かせたのだが、伯父はその後商売をどんどん広げて行き、神岡に家具屋を開店するまでになっていた。工場の方は少女の家の近くにそのまま残り、もとの小さかった工場はさらに広く改築されていた。少女の父親は二十歳で結婚し、子どもが産まれてから職を変えて大工見習いになったのだった。始めたばかりの頃の月給はわずか三千元だったが、彼が勤勉だったからか、それとも天賦の才があったからか、棟梁に昇格してから月給は数倍に増え、工場内では第一人者になっていた。

父の目にはひどい傷があった。子どもの頃近所の子どもと堤防に鉄くずを拾いに行って、不発弾を見つけ、幼かった連れの子がわけもわからずに大きな石でその砲弾を叩いたために爆発してしまったのだ。叩いた男の子は爆死し、そばにいた仲間の数人は怪我をした。少女の父親は目と顔をやられ、家族は多額の医療費を使ったが、目の中に白い傷跡が残ってしまった。眼球はいつも濁っていて、視力はかなり悪かった。兄弟の中で四番目だった彼は、小学校を卒業しただけですぐによその土地へ働きに出た。事業を始めたいと一心に思っていた彼はさまざまな職に就いた。やがて仲間を組んで、使用ずみの軍用電池を買い取り、まだ使える部分を取り出して闇電池に作り変えた。共同経営の相手は少女の外祖父で、父は数人いた株主の一人だった。たいして大きな商売ではなく、そのうちに関連の包装・販売業者に踏み倒されたらしい。だが父はその頃母と知り合った。結婚後若い二人は故郷の実家に戻り、父は職を変えて大工の棟梁になった。月給だけでは財をなすことは無理だったけれども、なんとか一家が食べて行けるだけはあった。それに少女の母は骨身を惜しまずに内職をし、いろいろ子ども相手の物を売って、家計の足しにした。しかし後になって彼ら夫婦は人と組んで資金を出し合い商売をする決心をした。ここから一連の悲劇が生まれて行ったのだ。

父はちょうど椅子を作っていた。少女は父が鉋と紙やすりを使って材木をなめらかにする工程を見るのが好きだった。父の表情は椅子に集中していた。まわりで大型機械がごうごうと大きな音を立て、金槌で釘を打つ音、鋸で木板を切断する音、鉋をかける音が響き、工場の中はさまざまな騒音でいっぱいだったが、父はと言うと何か非常に静かな空間の中にいるみたいだった。視力が悪くて目を細めていたので、まるで耳をそばだてて木が彼にどこから手をつけたらいいか指図するのを聞いているようだった。彼の指は太くて短く、指の関節はごつごつしていた。紙やすりで用心深く木の表面をこする時には、精神を集中して、息を止めているように見えた。両手の動作がだんだん速くなって来ると、少女は頭を下げ体を少しかがめて、目を見開いたまま息がつけなかった。父の手もとに近づこうとしてみたが、邪魔になりそうでできなかった。どんな椅子になるのかしら。少女は想像した。つるつるの木の表面は木目がくっきりして何か文字が書かれているようだった。カーブを描いて旋回している木目に沿って視線を少しずつ渦の中に沈めて行くと、頭がぼうっとして来た。顔を上げて見ると、近づき過ぎたせいで父の目や鼻や口がぼやけて見えた。今しがたの木目の渦巻きが父の顔の上に残っているのか顔がぼんやりして、神秘的ではかりしれないディテールに満ちていた。

負債をかかえた後、彼らはいろいろな物を売り始めたので、荷物を載せる車がどうしても必要だった。最初は間に合わせの手作りのオート三輪だったが、後に藍色のフォード・レーザー5ドア小型乗用車を分割払いで購入した。父はかなり長い間、運転免許を持っていなかった。目が悪いので身体検査に通らないのだ。だが商売を始めてからはどうしても車を運転してあちこち奔走しなければならなかったため、いつもびくびくしながら警察に隠れて運転をしていた。運悪く抜き打ちの取り締まりに引っかかると、自分の兄弟の身分証番号、生年月日などの情報を言ってごまかし、その場をなんとかやり過ごしていた。しかしそれでいいはずがなく、いつもびくびくし通しだった。毎年、父は視力測定をパスしようと試みていたが、ある時いい方法を思いついた。少女に町の郷立衛生所に行かせ、こっそり壁の視力検査表を書き写させたのだ。Cの字に似た大小上下の記号を、少女は真剣に写して家に持ち帰り、父に暗記させた。これできっとうまく行くはずだった。しかし思いがけず試験の日に看護婦が取り出した検査表は壁の上のあの表ではなく、別の種類のEの形をした記号表だった。少女の父はがっかりしてでたらめに指さして答えるしかなかった。大きな字の三行目以下はよく見えなかったが、意外にも彼は検査に通ってしまった。本当についていた。

父の目を通して見える世界はどんなのだろう？　少女はいつも想像した。砲弾の爆発を経験して、父の世界はそれから変形したのではないか？　実は彼の目に見える事物は普通の人とは違うのではないか？　もしそうなら、少女は自分も本当はそのような爆発を経験したのではないかと疑った。そうでなければなぜ彼女が見る世界もねじ曲がっているのだろう？　彼女の体には父の狂気と頑固さが遺伝していて、ただ外側が甘くておいしそうに包装されているだけなのだ。小さい頃から彼女はもう、視線だけで一言も発せずに相手を自発的に投降させることのできる、そういう種類の人がいるのを知っていた。

少女の父は寡黙だったが、何やら人が無視できない意志の力のようなものを持っていた。いったんこうと決めると、いっさいを顧みずにやり遂げてしまうのだ。彼の頭の中にはきっと「意思疎通」という文字はないのだろう。人の集まりの中で彼はいつも何も喋らず傍らで黙って人の話を聞いていた。一見、誠実で温厚な人間に見えるけれども、よく見ると、普通の人とは違う目の中にちらっと現れる光は折れ曲がって見分けにくく、まるで何かが徐々にねじ曲り変形して彼の心の中に隠れているようだった。

彼の仕事ぶりは命がけという形容がぴったりなくらい勤勉で、周囲の人まで大きな圧力を感じるほどだった。貧乏人だからこそできる方法で、自分の両手で自分の階級をひっくり返そうと企む強大な意志の力と、あまり頭のよくないへたな世渡り術を使って、ほとんど無邪気としか言いようのないがんばり方だった。

少女はあの薄暗い目の威力から逃れたいと思う一方で、いっそ父の視線の中に入って行って彼が築こうとしている世界とはいったい何なのか、そこには彼女を凝視している何があるのか、見極めたいとも思った。時間が瞬時に彼の目の中で凍結したかのように、薄暗くぼんやりと、白色の丸い斑点が、絶えずぐるぐる回っていた。少女も一緒に回った。家族五人全員が、だんだん小さくなって行く渦巻きの中に巻き込まれ、しだいに下に沈んで行き、ついに消えて見えなくなった。

車は静かに時速百キロの速さで深夜の高速道路を走っていた。しんと静まりかえった車の中で、あなたは前方をじっと見つめている。車窓の外は、ひっきりなしに大小の車が通り過ぎ、景色が後ろへ飛ぶように消えて行く。何を考えているのかしら？　前方を見ながら、何か話をして眠くならないようにしなくてはと思った。でも私は何も言わずに、頭の中でそれまでばらばらだった考えが具体的な物語に発展して行くのに任せていた。数年来、多くの小説はみんなこうして車の中で想像して出来上がったものだった。「何を考えてるの？」あなたは私に聞いた。

「何でもない。小説のことを考えてた」私は答えた。少しきまりが悪かった。あなたが居眠りをしないようにそばでお喋りをすべきなのに、いつもこんなふうに心ここにあらずで、たとえあなたが近くにいても、あなたの存在を忘れてしまう。

そうなのだ。どんな所にいても、いつも小説のストーリーの中に入り込んでしまう。それは他人が奪い取ることのできない世界であり、想像の中に浸れば行きたい所にはどこでも行けた。長い間、私は長短さまざまな小説を書いて来た。読者の多くが私の容姿、身の上、性格を推測し、小説の中になんとかその真相を見つけ出して、私の人生を繋ぎ合わせようとする。しかし私に私自身を描く能力があるのかどうかわからない。物を書くのは別の人生を創造するためであり、無数の新しい身分、現実の人生ではできないことを、みんな小説のなかで達成しようと思っていた。

「お喋りする？」とあなたが言った。いいわよ。でも私はすぐには話題が思いつかないけど。

「じゃあ私が笑い話を聞かせてあげる」あなたは口から出まかせにラジオかネットで広まっている笑い話を始めた。私はたいていすぐに笑い出してしまう。なんておかしいの、はっはっはっ。ほんの少しの笑い話がたった今までの沈黙を打ち消したけれども、私たちの疲労を取り除くことはできず、すぐにまたそれぞれ静かな物思いに沈んだ。ラジオをつけると、くだらないトーク番組が流行歌を流していて、音楽とお喋りがひっそりした静けさを破ったが、旅の煩わしさをやわらげてくれるかどうかはわからない。

丸一日忙しく仕事をこなして、私たちは疲れ切っていた。朝出発した時はまだ元気いっぱいで、お喋りをしたり笑ったりしていたが、夜帰る時は声が出ないほど疲労困憊していた。

苦しい中に楽しみを見つけるのは私たちの得意とするところだ。引っ越して台中を離れた後、ひと月に四日、私は戻って来てあなたと一緒に仕事をした。その数日間、会社で腕時計を整理し社内の仕事をすませると、残りの時間は台湾の中南部各地を走り回った。車を家代わりにしていた昔の暮らしに戻ったみたいだった。銀色のフォルクスワーゲンT４というステーションワゴンが私たちの動く家だった。長い車内に貨物を満載し、私たちは前の座席に座って、会わなかった間のお互いの情報を交換し合った。私の生活はその時書いている小説のことばかりで、あなたの生活はすべてが腕時計だった。私たちをいくらか楽しい気分にさせるのは動物に関してのことだ。あなたは部屋に四匹の猫と一匹の犬を飼っていたが、私はもうペットを飼わなくなっていた。猫や犬の話になると、家で飼っているペットはいつも尽きることのない面白い話題だった。

そう、別れて二年あまりたっていたが、私たちはまだ腕時計を売っており、運命はいつも私たちを一緒に包みこんでいた。

時間は何年も前の夜に戻った。当時もこんなふうな時間が流れていた。あの時私たちは恋人だった。一緒に仕事をし、一緒に生活をしてまるで家族のようだった。荷物を届けに台湾じゅうを駆け巡り、屏東にも行ったし、高雄、台南にも行った。車で気の遠くなるような長い道のりを走って家に戻ると夜中の十二時を過ぎていた。あなたは仕事の細かい部分の仕上げをし、私は新聞紙の上や猫砂の中の糞尿を片づけ、餌を取り出して三匹の犬と一匹の猫にお腹いっぱい食べさせた。それからあなたは応接間でお酒を飲みながらテレビを見始め、私は部屋に入って本を読み小説を書いた。そう遠くない廊下を隔てて、私たちはそれぞれ心配事をかかえ込んでいた。猫や犬がのんびり行ったり来たりして、たった五メートルしか離れていないはずなのに、その距離は日ごとに拡大し取り返しがつかないところまで来ていた。その時はまだいったい何が私たちを日ごと疎遠にして行くのかわかっていなかった。

カチカチと、部屋の中の何千何百の腕時計が違う時刻を指していた。チクタクと音をたて、私たちの生命もそれによって情け容赦なく速度を増して流れ去った。電子時計、水晶時計、漫画のキャラクター時計、男物、女物、大型、小型の時計の、時間があふれる部屋の中で生活し、何千何百の腕時計が電力を消費しながら時刻、数字、針、目盛りを指し示し、毎秒毎分刻刻と移動し、押し出し、近づき、遠ざかり、前進し、後退して、私たちの体に浸透していた。腕時計をお金に換える、これが私たちの生計を立てる方法だった。

三階建ての戸建て住宅で、家の前に車庫があり、裏には小さな庭があった。ひと月の家賃は一万一千元、一階を作業場、二階を住居、三階を倉庫に使った。仕事を始めた当初は従業員を雇う力がなく、会社全体で私たち二人だけだった。店舗から電話がかかって来て、「会計に繋いで」と相手が言うと、「恐れ入ります、少々お待ちください」と答え、もしあなたが受けた電話だったらすぐに私に回し、私が受けた電話ならあなたに回す、こんなふうにして会社に何人も従業員がいるふりをした。時には私たち自身も笑い出しそうになった。校長兼用務員、ミニサイズでお粗末なとても小さな会社だった。

透明のアクリル製のケースに、数十本のきれいに揃った各種デザインの新型腕時計を詰め、このアクリルケースを数十個車に山積みにして、高速道路、省道、県道を猛スピードで走った。一軒一軒店を回って、在庫を調べ、古いケースを回収し、新しいケースに取り換えて、精算をし、代金を受け取り、それから車でそこを離れた。家に帰った後は、回収したアクリルケースの埃を払い、クリーナーをスプレーして布できれいにふき取り、ケースの中の腕時計が売れてあきができた場所に新しい時計を補充し、売れ残った腕時計についた汚れと手垢をきれいに取り去った。そして新しく納品された電子時計やキャラクター時計の日時を合わせ、C型商品棚に別置きして、時期が来たら新しいケースに補充して出荷できるようにした。とりとめのない煩雑な準備作業を二言や三言で説明できるものではないが、とにかく半分の時間は会社でケースと時計の整理に、もう半分の時間は会社と各地の店の間の配送の行程に費やされた。あなたがやっていたことは私よりずっと責任重大で面倒だった。腕時計の修理、商品の運搬、台北へ出かけて商品の補充、車の運転。私の受け持ちは時計の販売を委託している店を訪ねることだった。店員と一緒に在庫を調べて精算をし、会計担当者や店主に代金を請求して記帳するのだ。退屈でつまらない車の移動中にはあなたとお喋りをして気分をまぎらし、会社では二人でケースの整理をした。話せばごく簡単だが、どれもみな時間と労力を売り渡してこまごまと煩雑なことをやっているだけだった。長い道のりだったので、朝十時ごろ出発して、夜はいつも十一時か十二時にやっと帰宅した。私たちの生活は、一日や一週間の単位ではなくて、ルートごとに、一か月か二か月を単位としていたが、時間は飛ぶように過ぎていった。確か行ったばかりの店なのに、どうしてまた電話をよこして商品を要請してくるのだろうと、帳簿の日付をよく見ると、あっという間に二か月がたっていたりした。まるでケースの上に印刷している店の名前、「時間を売る」のようだった。この奇妙な名前を思いついたのはあなただったか私だったか忘れたが、まさに私たちの運命を予言していた。

数年前に会社を起こした時は、景気はまだとてもよくて、適当に田舎の小さな店に委託しても毎月けっこうな数の時計が売れた。数百軒の店を合わせると驚異的な業績になった。しかし二、三年もすると、同業者が値引き競争をやり始め、景気も悪化して、商売は急激に落ち込み、またたく間に氷河期に入ってしまった。

私はどの角度から見てもいい従業員ではなかったし、出勤して仕事をするのに適していなかった。うわべは器用で口がとても達者に見えたが、しかし現実感がなく、外界に対する反応は間に何か一枚隔てているように鈍かった。仕事をすべき時にいつも上の空で、気が散ってぼうっと自分のことを思案したり、小説の題材や内容のことを考えたりするものだから、しょっちゅう金額の計算間違いをした。ある時あなたが急に尋ねた。「六引く二はいくつ?」「四だよ」私は答えた。「じゃあどうして帳簿に三と書いてるの?」こうしたことが何度も続いた。数学の出来は悪かったけれども、簡単な足し算引き算ができないほどではなかった。間違いの原因はすべて私があせってやったためで、ときどきよく考えもせずに、適当に書いてしまうので間違うのだ。計算を間違うと損失が生じた。善意の店主に巡り合えば自ら訂正して正確な代金を補足してくれたが、一部の店ではこうはいかなかった。自分の計算間違いは自分で責任をとることになり、いつもこうしたことのために悩みが尽きなかった。あなたはことさら私を叱ったりしなかったが、私は自分のこんな「頭がショートする」ドジで間抜けな行為にどれだけ頭が痛かったことだろう。

何度試してみたかしれないが、「絶対に集中するんだ」と自分に言い聞かせても、頭は言うことを聞いてくれず、習慣がそうさせるのか、ついふっといろんなことが次々に浮かんで来て、気分がふわふわコントロールできなくなるのだった。他人と一緒にいる時でもいつも魂が抜けたように見えていたので、仕事ではなおさらだった。私たちがしていたのは仕事であり、毎日対面していたのはもっとも実際的な金銭の出入りだった。接触する相手の方も話すのは仕事のことばかりだった。たとえば、ある客がとんでもない難癖をつけて何度も時計の取り換えを繰り返すとか、あきらかに使用しているくせに新品だと言い張って返金を要求するとか言って愚痴をこぼしたり、別のメーカーが彼らの所にやって来て価格のことを話して行ったがそっちの値引きの方が私たちよりもいいと言ったりした。そうでなければ手形の支払期日の先延ばしか、端数の切り捨てか、あるいは始めから相殺を持ち出すか、すべてがまったく現実的な内容だった。しかし実につまらなかった。私は人生とはこういうものだと知っていたし、この仕事を選択したのだから責任を持って真面目にやるべきだとわかっていた。でもそういう時に限ってぼうっとしてしまい、相手の顔を眺めていても、その人が見えておらず、たくさんの声や言葉が聞こえて来ても、意味がわからなかった。これはもしかすると自己防衛作用が働いているのかもしれない。自分の嫌いな環境にいると、私は自分をそこから引き離してしまうのだ。

まるで空の上で目覚めたような気分だ。十四階にあるマンションの一室で、ベッドに横になったまま、壁一面を占めている大きなガラス窓を通して遠く外に眼をやると、緑豊かな山々や、白い雲が層をなして広がる青空が見えた。窓の所に立って下を眺めると、地上には人や車が行きかう道路があり、道を横切ったところに低くて不揃いの家が一面に広がっていた。これら旧式の戸建ての家のほとんどが屋上に違法建築をしていて、どれも赤や白や緑のトタン屋根だった。複数の色が交錯し、高低がばらばらの建物は長時間見ていると目がちらちらして来る。私はそれら老朽化した住宅の屋根を見下ろしながら、以前豊原に住んでいた時によく屋根に登って風に吹かれたことを思い出していた。やはりこんなトタン屋根で、あの時は緑色だったと。

私は台北にいて実家には住んでいない。私はもう三十三歳になった。十二歳ではない。私は今この時にいて、過去にはいない。

そう、私はすでにあそこを離れたのだ。

高校に合格して家を出てからの十数年間あちこちに家を借りて住んだ。住む場所に対する私のこだわりはものすごくて、稼いだお金の大半は住むことにつぎ込んでいた。他人とマンションの部屋をシェアするのは嫌だった。古い家も嫌いだった。騒がしくて汚くて散らかっているのが嫌だった。知らない人は私がどこかの金持ちのお嬢様だと思ったが、そうではない。とにかく過去を思い出させるような場所は何でも怖かったのだ。今、私はこの大きなビルに越して来た。ここは二十四時間管理が行き届き、出入りの際にカードを使い、四十一階建で、六階には空中庭園、小型プール、バスケット場、卓球台、ミニゴルフ練習場があった。だが実際の私がどうだったかといえば、たとえ台北にいても、目を閉じれば、年老いた両親がお金のために奔走し苦労している姿が浮かんだ。朝市や夜市で懸命に服を売り、年末さえ休まない。時に何日も雨が降り続くと、二人は家で天候を伺いながらぽかんとしている。日に日に迫る小切手の支払い期日、かき集めても足りない金額、すぐにでも現金化されようとしているこれら小切手の金額は彼らを息もつけないほど追いつめている。私はあなたも見えるような気がした。一人で苦労しながら会社を支え、一人寂しくもろもろの煩雑で細かい仕事をこなしている。長い車の移動の間は黙々と煙草を吸い、眠気を覚ますためにときどき自分で大きな声を出して歌を歌っているが、その時私はあなたのそばにいない。私はどこに行ったのか？　遠くあなたから離れ、時計の仕事から離れ、家族から百キロあまり離れたところにいる。見知らぬ都会で、一見高級そうだがうら寂しいマンションの一室に閉じこもって、ひたすら小説を書いている。ひと月に数日、統聯客運バスに乗って台中に戻り、まるで誰かにせきたてられるように懸命に仕事をした。ただその時だけ私はあなたのそばにいることができたが、そんなに孤独ではないと少しでも感じてもらえただろうか？

何年もずっとあなたと仕事をして来たのに、ある日ついにその場所を離れた。

「いつまでも自分を責めないで。会社を始めたせいであなたの家族が経済的に危なくなったと思わないで欲しいの。絶えず前借りをしているあなたを見たくない。これでは私たちみんなが辛いわ」「あなた自身を自由にしてあげて」とあなたは言った。強いあなたが泣いた。この長い年月であなたはもうへとへとに疲れていた。私のそばにいると誰もがみんなぐったり疲れてしまう。あなたは私がただの利己的でわがままな人間だとずばり言い当てていた。

あなたが私を自由にしてくれたので、私はそこを離れた。三トン半のトラックいっぱいに本や雑貨や家具などすべてを積んで北へ向かった。台北は私が行きたい所だろうか？　実はそうではない。ただそこを離れ、どこか場所を見つけて、執筆に専念したいだけだった。

あなたは私を離れさせてくれた。自分自身の世界で生きるようにと言って。でも私は何をしただろう？　いったい何をしているのか？　私は住所を変えることができたが、数々の苦しみは変えることができないでいる。ようやく苦しい生活から逃れたのに心理的な負担からは逃げ切れないでいる。いいのだろうか？　自分一人離れて行って、愛する人をあの恐ろしい生活の中に残したままにしていいのだろうか？

私はどこにいるのだろう？　時間が時間を転がして、秒針は長針を追いかけ、長針は短針を前に押しやり、次から次へ、チクタクチクタク、部屋の中にはどこにも時計はないのに、私にはやはりあの途切れることのないチクタクという音が聞こえる。

家から外に一歩も出ずに部屋に閉じこもってこの小説を書いている。この悲しい物語を書き続けていると、心はどんどん重く沈んで行く。ときどき首が痛くなり肩が凝って来てようやく自分が何時間も座りっぱなしだったことに気づく。立ち上がって部屋の中を歩きまわり、腰を伸ばし、腕や首を回す。あまり長時間パソコンの画面を見つめ続けると目がひどく疲れる。オーディオの中のCDは音楽を再生し終わり、ここはとても静かな、私一人の世界だ。部屋はきれいに片づき、窓の外を眺めると、天気は快晴、連日の曇り日がようやく晴れに変わっていた。窓ガラス越しに下を見れば、車の流れ、道を急ぐ通行人、雑然とした家がみな小さく変わり、私との距離が遥か遠くになっている。密閉した防音の窓は騒音を遮断しているが、混乱した世界から私を引き離すこともできるのだろうか。ここにいると、誰も彼らの悲劇を泣き叫ぶ人はいないし、苦難を訴える人もいない。家賃と簡単な生活費を支払えるだけのお金を稼げればそれでいい。いつまでも莫大な債務に追われる必要もなく、私一人、彼らとは無関係でいられる。

本当にこれでいいのか？　私は迷い続けた。

台北に越して来てすでに九か月になった。両親は私がまだ台中にいて、腕時計の仕事をしていると思っているかもしれない。彼らが心で何を考えているのか私にわかるわけがない。ちょうど彼らも私の心がわからないように、お互いに知ろうとしないことが、関係を保ち続けるスタイルになっている。もしかしたら、私のほうがこれまで故意に理解させないでおいて、これが自由を維持するいい方法なのだと勝手に思い込んでいるのだろうか。自由、何を真の自由というのか私にはわからない。

数か月に一度の割合で家に帰り、黙々と一緒にご飯を食べるだけだったが、すぐに居ても立っても居られず急いでそこを離れたくなる。私は怖かった。母はますます歳を取り、想像できない速さでどんどん老いていた。家に帰るたびにいつもどこか患っていた。父は始終しかめっ面で、肩に家全体の重圧がのしかかり、それが彼の体をだんだん斜めに歪めているようだった。誰も私の居場所を尋ねない。それは暴いてはいけない謎であり、言わなければ存在しないかのようだった。突然父が言った。「今月の金だが、まだ十万元足りない」私の心が吠えるように大きな声を上げ始めた。

いったい誰が悪いのか、いったい何が起こったのか？　経済は日に日に衰退し、夜市の露店はますます増えていた。しかし買い物をする人はしだいに手を引っ込めて財布のひもを固くし、失業者が巷にあふれ、どの顔にも憂いと苦しみが浮かんでいた。まさにこういう時に、すべてが崩れ落ちたのだ。

あなたが電話をよこして、私の両親が相談したいことがあるので家に帰って来るよう言っていると伝えた。それで私は台中に戻り、その月に支払いができそうにない小切手の処理をしなければならなかった。それは、私がいくらがんばって本を何冊か書いたとしてもまだ足りない額で、もう打つ手がない事は予想がついた。たとえどんなに食べる物を節約し倹約しても日増しに拡大していく空洞を埋めるのは無理だった。

金銭によってできた穴は、ブラックホールよりもっと黒く、空洞よりもっとからっぽで、私たちのすべてを呑み込み、噛み砕き、絞り取り、押しつけてぺしゃんこにした。私たちはみな満身創痍だった。

どうして絶望しないでいられよう。

最初はよかれと思ってしたことが、やがてそれぞれの地獄に繋がって行った。

このように形容するのを許してほしい。こう書いてしまうと自分がとても残忍に思えて来る。すべてあなたの心血だったのに、私はこんな恐ろしい言い方をしている。長年の苦しい戦い、あなたは私の両親とともにあらゆる手を尽くして会社を維持してくれた。いつも逃げ出したのは私、そんな私に号泣する資格などあるのか？　わからない。みんなの苦痛がそれぞれ私の体に傷跡を残し、たとえすでに遠く離れていても、傷口はいつも思い出すべきではない時に相変わらず私を苛んだ。私は実際にはこれまで完全に逃れたことはなかったのだ。

小さかった頃原因不明の破産をし、いろいろな方法で懸命にお金を稼いで借金を返済して行き、やっとのことで完済した。私が大学一年の時、店の賃貸料がますます値上がりし、また豊原の商業の中心が中正路に移り、当初開店していた復興路一帯がすっかりすたれてしまったために、両親は服飾店をたたむ決心をした。そして神岡の田舎の実家に戻り、移動夜市を始めた。その頃ちょうどこうした移動夜市が流行り始めていて、ある人はそれを「商展場」と呼んでいた。裏も表も熟知している者がコネと勢力を使って空き地を一区画借り上げ、多種多様な業種の露店を募集して、毎週一回、「商展」を開いた。あちこちにこの種の夜市があり、両親は毎日違う場所に露店を出した。これは場所代と清掃費を納める合法的な露店なので、警察の目を逃れたり、ごろつきに保護費を納めたりする必要がなかった。流行り始めたばかりの頃は店舗を構えていた時より繁盛した。ほかに両親は毎月旧暦の三日と十七日は東勢の市場に露店場所を借り、毎週日曜日は鹿港の市場にも場所を持っていた。夜市と市場の商売を合わせると総収入は固定の店を構えるより悪くなかったため、生活はだんだん改善されていった。その頃が両親にとってはもっとも生活しやすい時期だったのかもしれない。以前店を開いていた頃は一日じゅう店に縛られて、母は近所の美容院にシャンプーに行く以外、どこにも行けなかった。商展型の夜市をやれば、一週間に何箇所も違う場所に行くので、客が少ない時は近所の露店にお喋りに行ったり、夜市をぶらついたりすることもできた。いちばんよかったのは、月に六日間の決まった市場の商売を除けば、たいてい昼間は家で休むことができたことだ。時には夜市の仲間たちと一緒にピクニックに出かけバーベキューをすることもあった。夕方五時に露店を出す前、午後いっぱい「家庭生活」を送ることができ、ようやく過去のあの時間に追われる日々から脱け出したように見えた。しかし我が家は私が大学を卒業した二年後にまた新しい投資をやり、不渡りを出さないようにあわただしく入金を繰り返す、金に追われる生活に再び陥ったのだった。

なぜ負担能力を越えてまでその事業に投資したのか？　それとも老後に苦労して服を売らないでいいように転職を考えたから？　あるいは妹や弟に今後仕事があるように？　本来なら立ち直るチャンスだったのに、反対にさらに深い苦境に陥ってしまった。いったい何が起り、すべてが徐々にバランスを崩し始めたのか、詳しい原因をもはや突き止めるすべはない。

私のため？　現実離れして生活して行けそうにない娘の私のため？

もともと私たちはある時計会社で営業を担当していた。あの頃の取引はまさに順調で、営業をやって会社から受け取る賞与と配当もかなりあった。しかし社長との間でちょっと不愉快なことがあり、私たち二人は少しやる気が失せて仕事をやめたくなっていた。会社の社長は父の夜市の友達で、父はなぜか突然私たちが自分で会社をやる能力があると奇妙な考えを持ってしまい、みんなで相談した結果、共同で投資することに決まってしまった。私たちが営業で回っていたルートを買い取り、かなりの額を増資した。しかし、実はその頃我が家にはまったく貯蓄などなかった。頼母子講から少し借り、さらに両親が服を一括して仕入れていた仲介業者に頼んで現金決算を三か月の先付け小切手に変更してもらい、こうやって運用できる金を捻出して、全部で二、三百万元を投資したのだ。当初は腕時計の商売はとても好調で、すぐに元手を回収できそうに見えた。それで、冒険的な投資であり、投じた資金も私たちの負担能力を超えていたけれども、父はためらわずに投資したのだった。

その時私は何を考えていたのか？　わからない。みんながいいと言っていることを、私は拒否しようがなかった。もちろんしっかり考えなかったのも事実だ。両親とあなたが自分の会社を立ち上げることに夢と希望を抱いていたので、私もこうするのがみんなにとっていいのかと思ってしまった。今後の生活のためにも、これ以上露店を開いて服を売り天気を見ながらご飯を食べる生活に嫌気がさしていた。時計会社で営業をやっていた時、出勤して商品を届けるだけで、店の数も多くなく、毎月十数日働きさえすれば、お金を稼いで自分を養いさらに小説も書くことができたので、無邪気にも自分で会社をやればもっとお金が稼げて、家族の生活を改善でき、両親を少しでも早く退職させて老後を楽しんでもらえると考えたのだ。まさか仕事がこんなに多くてこうも煩雑だなんて夢にも思わなかったし、その上自分の性格がこのようなきつくて骨の折れる仕事に適応できないとは思いもよらず、私たちは喜び勇んで時計会社を立ち上げるのに身を投じたのだった。その時は誰も、よもやこれが悪夢の始まりだとは思いもしなかった。

本当に忙しかった。想像を越える忙しさで、目を開けている時はずっと仕事をしていた。時計を整理し、時計を預かって売りさばいてくれる店を探す。始めた頃は他に従業員を雇う余力がなくて、私たちは仕事に縛られ昼夜を通して働いた。

小切手を切っては入金する、その繰り返しで、現金が不足するとすぐに不渡りを出しはしないかと心配になり、小切手を見ると気がくじけてしまいそうだった。商売がうまく行っている時は、絶えず増資し、商売の成績が落ちて来ると歯を食いしばって入金をすませ、絶対に不渡りを出さないようにした。しかし収入の帳簿の方に不渡りが見つかることがあり、相手は逃げてしまって店はもぬけの殻。残ったのは一枚の不渡りの小切手だけで、訴えても無駄、まったく泣き面に蜂だった。

夜市の商売も日に日に傾いて行き、借入金の利息、頼母子講の利息を払うために、服を安売りして現金に換えたけれどもまったく儲けはなかった。また始まった。私たちは腕時計を売り、両親は服を売った。やり方は違ったけれども、みんな運命が繋がっていたため、互いに理解していない商売のやり方で必死にがんばり続けた。金、金、あの時私の頭にあったのはただこの言葉だけだった。私もあなたも給料が出ず、私が持っていた貯金、印税、補助金、講演料、原稿料をすべて投入した。数十万また数十万とつぎ込み、ポトンという音がして、消えて行った。さらに投資を増やし、さらに努力して仕事をした。どこか間違っている気がしたがすぐには解決策が見つからなかった。貧乏人には貧乏人のやり方しかなく、商売をやっているように見えても、実は働いて苦しんでいるだけ、骨折り損のくたびれ儲けにすぎなかった。

私の努力不足のせいなのか、いつもしっくり行かなかった。そして感情の変化が、二人の生活と仕事に影響を及ぼしていた。腰を落ちつけるのはなんて難しいのだろう、大丈夫だと思っていたが、実際には無理だった。

あなたが苦しんでいたのを私が知らないわけがない。一緒にいた五年間、生活がどんなに苦しく辛くても、あなたはずっと私のそばにいてくれた。私がわがままを言って仕事をさぼろうとしたり、体調が悪くて家で休んだりした時、あなたはいつも歯を食いしばってがんばり通した。毎日十数時間以上働いても、あなたが愚痴をこぼすのを聞いたことがない。それなのに私はどうしても離れて行こうとした。本当はどんなに辛かったことか。でも私は家にこんなに近づいてはいけなかったた。彼らとこんなに密接な繋がりを持ってはならないのだ。始めた時にすぐ止めるべきだったのに、知っていてそれができなかった。

すべてのことが戻って来た。当時よりもさらに複雑になって、ますます私を苦しめた。しかし私はそれを隠してあなたに知られないようにした。何度も離れて行こうとしたけれど、決して愛せなくなったからではない。言葉にするのが難しいたくさんの矛盾する感情。なぜこんなどうしようもない局面まで来てしまったのだろう。

私は自分が想像するような人間ではない。いい恋人、聞き分けのいい娘は偽りの姿にすぎない。離れたかった。維持することも、こんなふうに働き続けることもできなかった。あまりにたくさんの時間を使い果たして、心身ともに疲れきっていた。

仕方がなかった。私は根っからこんなふうに仕事ができる人間ではなくて、体力も気力も絞り取られ、頭の中もからっぽになってしまい、以前服を売りに毎日市場に出かけていた時よりもさらに気力と体力を消耗した。私はそれでも毎日夜の時間を利用して小説を書いた。ところが連日の徹夜と、体力の使いすぎで、創作力のようなものがまったく消えてしまい、もともと得意だったいろいろな事柄を空想し想像する能力もどこかに行ってしまったようだった。二年間というものまったく作品が書けなかった。書けないことがこの上ない苦痛をもたらした。もしかすると時計を売っていたせいでも、また仕事が非常に忙しく苦労していたせいでもなくて、ただ純粋に才能が衰えてしまっただけなのかもしれない。しかし書くことがなくなると、私は支える力を失ってしまい、自分がなぜこんなに苦労してお金を稼がねばならないのか納得がいかなくなった。

小説を書くため、だからこそこうして一生懸命にお金を稼いでいるのだ、ずっとそう思って来た。

あなたがいつも私を慰めたように、十分なお金が貯まったら、それからは生活のことは心配せずに、安心して創作できるようになると。でもその日が待ちきれなかった。はたしてそんな日が来るのだろうか。これまでの長い年月、生きる支えにして来たのは絶えずたくさんの物語を書き続けることだった。書かないと私は生きて行けない。まさに書くことが、苦しく辛い時をそのつど乗り越える支えになっていた。創作のあせり、行き詰まりは、どの作家も経験することだけれども、その時の私にはわかっていなかった。書けなくなって以降、増え続ける仕事を前に、あっという間にすべてが崩れてしまった。

逃げたい。私が取り換えねばならないのは新しい仕事だったのに、恋人を取り換えてしまった。

「火事だ！」誰かが大声で叫んでいる。消防車のサイレンに驚いて夢から覚めると、誰かが力いっぱい少女の体をゆすっていた。「早く起きろ、火事だ！」少女が目を見開くと、父が彼女に向かって大声で叫んでいた。まわりは真っ暗で、父が懐中電灯を持ち、彼女の目を照らした。揺れ動く弱い光線の中に父の慌てふためいた顔が見えた。「荷物をまとめろ、早く、火がもうすぐこっちに来るぞ」

少女は階下に駆け降りた。外は真っ黒な人だかりができ、停電していた。確かその日は中秋節だった。台風が過ぎ去り、夕方になると急に風と雨がやんだ。台風の目に入ったから風雨がおさまったのだとみんなは言っていた。その日の夕方はいつもどおり商売をし、近所の人たちが騎楼の所で肉を焼いていたのを覚えている。炭火で食べ物を焼くいい香りがして、隣家のおばさんがシイタケと鶏肉の串焼きを彼女たちにも食べさせてくれた。父と母は酒を飲んだ。夜になるとみんな店を閉めて、大型の焼き肉網の前に集まり、賑やかにいろいろな御馳走を分け合って食べた。彼女は初めて父が酒を飲むのを見た。少し機嫌がよくて、大切にしまっていた大陸の酒を持ち出してみんなにふるまい、集いは停電になってもまだ続いた。その後風が吹き始め、強風が炭火の火の粉をあたり一面に吹き飛ばした。誰かが少女に線香花火をくれた。少女は燃えている針金の棒の先から星型の小さな火花が絶え間なく飛び出し、跳ね、きらきら光るのを見つめた。ずいぶん長い間こんなに中秋節を祝ったことはなかった。その時彼女は高校一年生になっていて、ちょうど恋愛中だった。その日は台風休みだったので学校に行かなくてもよかった。しかし風も雨もやんでいたので一日の休みを拾ったのも同然で、昼間は好きな人と映画を見に行った。子どもっぽい体つきと幼な顔のために彼女はまだ中学生、あるいはもっと小さく見えた。彼女は両手でしっかり線香花火を握りしめ、噴き出して来る火花の振動で手の平が痛くならないか心配しながら、さらにたくさんの火花を四方に躍り上がらせた。それから夜中になった。火事を出したのは向かいの竹筒横町だった。賑わっていた狭くて古い路地がまるごと金紅色の魔法の絨毯に乗って舞い上がり、今にも彼女の目の前に落ちて来そうな勢いだった。バリバリと木材やトタンやビニールの裂ける音が聞こえ、焦げ臭い匂いがして、不思議なほど空全体が真っ赤に染まって黄金色に輝いていた。少女は人ごみの間を走って行ったり来たりした。いったい何が起ったのか、猛烈な強風が何もかもばらばらに吹き飛ばしていた。「火事だ!」人々があちこちでこの言葉を叫んでいた。「早く荷物を運びだそう。すぐにこっち側まで燃え移って来るぞ」「どうしよう、どうしよう、どこから運び出したらいい?」叫んでいたのは母だった。

空の色がますます明るくなって来た。雨は降っていない。強風が巨大な炎を吹き飛ばし、それはまるで体をくねらせている蛇の舌のようだった。その時、火勢は竹筒横町から隣家にまで延びて来た。数軒の服飾店と革靴店を焼き尽くし、信じられないほど長い火の蛇がくねくねと飲み込んだり吐き出したりしながら少女の家の店舗に迫っていた。

父が少女の手を引いて言った。「いいか、おまえは姉さんだ、弟と妹を連れて二階に上がり、大事な物を持って、急いで降りて来こい。火が燃え移ったらすぐに家を出る」少女がよく聞きとれないでいると、妹はもう行動を開始していた。子どもたちは急いで鉄製の階段を上って屋根裏部屋に向かった。何を持って行く？　大事な物って何？　かばんを取り出して忘れずに教科書を入れ、制服も押し込んだ。それに革靴も、それから……。妹は窓を開けて隣家の屋根に上り、育てていた小さな盆栽を取ろうとしていた。それに、長い間集めていた郵便切手の収集帳とマッチで作った家のミニ模型も。弟は袋におもちゃをたくさん詰めていた。少女は何を入れよう？　彼女は本を移し始めた。父が彼女のために作ってくれた大きな書架の上には、苦労してお金を貯めて一冊一冊買い集めた小説がたくさん並んでいた。大事なものはこれだ。すると妹が頭を上げて言った。「本を入れてどうする気？　重すぎるでしょ」妹は少し腹をたてて袋に詰め込んだ彼女の本を全部床に投げ捨てた。

いったい何が大事なのだろう？　彼女にはわからなかった。かばんを持って階下へ駆け降りると、本当に大事なのは階下のあの服、この小さな店舗なのだと気づいた。やっとの思いで借金を返済し終わり、これからは貯金を始めてもよかった。今後は豊原に彼ら自身の家を買うこともできるだろう。妹が何度も紙に描いていたように、三つ部屋があって、それに応接間と台所がある家だ。やはり狭そうだったが、この屋根裏部屋より狭いはずがない。そうしたら前に売り払ったピアノを置く場所ができるから、もう一度買い戻してもいい。彼女は妹と一緒の部屋で眠り、両親も自分の部屋を持てる。弟はまだ小さいけれども、男の子だから当然自分の場所を持たなければ。まさにこの店が頼りだった。商売がうまくいって、こうしてがんばって努力すれば、これから先はもっとよくなるはずだった。この店は、客であふれかえっていようと、がらんとして最初の客が来るのを待っている時であろうと、かつて彼女を心底憎ませた場所だった。少女は両親にこう大声で叫んだことがあった。「私、嫌よ、服を売るのは嫌なの。勉強したいのよ!」目の前のすべてが消えてなくなればいいと思った。山積みの服を囲んで人が押し合いへし合いする場面をもう見たくなかった。これ以上毎日毎日、いったいどれだけ服が売れるか、いくらの収入になるか様子をうかがうのは嫌だった。生活の中に、商売のこと、服を売ること、金を稼ぐこと、金を受け取ること、商品を包み、呼び売りすることしかないのが嫌だった。少女は以前、火事で店が焼けて彼女が恐れるすべてのものが消えてなくなればいいと空想したことがあった。そして今、彼女の空想が突然現実のものになろうとしていた。この小さな店、彼女たちが生計をたてる頼りにしているものが、この時まさに大火事によって全部破壊されようとしていた。少女は驚き、度を失い、まるでこのすべてが彼女の想像が招いた非情な災難のように思われた。

父が必死になって服を箱に詰め、あの藍色のフォード・レーザー5ドアの車に積んでいるのが見えた。母はハンガーに掛かっている服を次々に壁の鉄パイプから下ろして、一枚一枚オレンジ色のビニール袋に押し込んでいたが、ふとしたはずみで服を吊るしていたハンガーが鉄パイプから落ちて頭に当たると、いきなり力いっぱいオレンジ色のビニール袋を床に投げ捨てて泣き出した。「おしまい、おしまいよ。この店がなくなったら私たちはおしまいだわ」

母がレースのついたピンクのネグリジェを着て、子どものように床にへたり込んで泣いていた。ネグリジェの裾の糸がほつれ、一本の長い飾り模様のふちどりが下に垂れていた。

この時、強い雨がトタン屋根にバシャバシャと落ちる音がした。まるで世界最大級の大太鼓を敲いているように、バシャバシャバシャバシャと雨音をたて始めた。それから彼女は歓声を聞いた。母はまだすすり泣いていた。消防車のサイレンが鳴り続けていた。「大雨だ!」誰かが叫んだ。

台風の夜、中秋節、一場の大火事、未曾有の土砂降りの雨。

その夜、火は彼らの家の前まで延焼して、雨の勢いと消防車によって消し止められたのだった。

あなたは応接間で酒を飲み、私はテレビを見ていた。持ち帰ったノートパソコンはテーブルの上に置かれたまま、私はそれに触れようとしなかった。本当は来週渡さねばならない原稿がまだ完成していなかったけれど、気持ちを集中できなかった。少しでも助けになればと、出版社が前払いしてくれた原稿料をあなたに渡した。だがこうすると私の銀行の口座には一か月分の家賃しか残らず、今後の生活費のめどが立たなくなる。あなたは私のお金を受け取ろうとせず、「もしまだあなたに穴埋めをしてもらい使い続けるなら、私がやっていることはどんな意味があるの」と言った。

「来月には次の原稿料が入るから」私は答えた。「本当にいいのよ、私はただ手伝いたいだけ。お金はまた稼げば手に入るわ」

「こんなことをして、これからの生活はどうするの？」あなたの声は涙でむせていた。

その夜、私たちは口喧嘩をしてしまった。債務の処理方法をめぐって意見が分かれ、私の言い方が悪かったみたいであなたを傷つけてしまった。別れた後久しくこんな喧嘩はしていなかった。まるで以前一緒にいた時のようだった。仕事と私の家との間のごたごたが、あなたを苦しく悔しい状況に追いやっていた。私と家族のあの恐ろしい依存関係を私はどうすることもできずに、延々とあり金をはたいていたが、それでも心の内ではすまない気がしていた。このすまない気持があなたにプレッシャーを感じさせ、私たちはよく喧嘩をした。数えきれないほどの冷戦。話し出すとすぐに互いをぐさりと傷つけてしまう。複雑で厳しい状況に置かれていた私たちはお互いの気持ちを思いやることができなくなっていた。あなたはますます黙り込み、私はただもう逃げることばかり考えた。

その後あなたは泣いた。何を言ったのかはっきり聞こえなかった。私にはわからない。なぜ人生はこうも苦しいのか。窓を開けてただ飛び降りることばかり考えた。こんなに長い間懸命にがんばって来たのに、なぜまだ返済の終わらない債務、支払いの終わらない小切手があるのか。私はあなたを巻き添えにし、その上みじめな思いをさせてしまった。

そんなつもりではなかった。あなたの気遣いはわかっていた。あなたがこの会社を支えていなかったらとっくに倒産していたし、あなたのサポートがなければ私は一人で外に出て暮らして行けなかった。はっきり言えない言葉がたくさんあって、言えば誤解は深まった。本当にそんなつもりではなかった。あなたを傷つける気はなく、ただ問題を解決したいだけだった。みんなで力を尽くした込み入った関係が、次々に繋がり、私たちの諸々を一つに絡ませていた。私はあなたの顔を眺めた。のに、なぜか一つの解くことのできない固い結び目の中に挟まっていた。私はあなたの顔を眺めた。小さい頃から大人になるまで、あなたは私の人生の中でいちばん大切な支えだった。別れてもう何年もたっていたが、あなたは相変わらず一定の距離をおいて私を守ってくれた。私は知っている。恋愛関係がなくなってもあなたは私の人生の中で大切な人であり続けることを。それなのにあなたを傷つけてしまった。もしかしたら私の存在そのものがあなたには重荷なのかもしれない。私が背負っている重い負担をあなたが助けてくれたから、私は押し潰されずにすんだ。でも私たちはどうすればいいのだろう。

いつ不意に天気が変わり、ちょうどうまい具合に雨が降り出して、大惨事になりかけた大火事を消してしまったのか？　この長年の苦難は、いつ過ぎ去っていくのか？

あなたの涙がゆっくりとこぼれ落ちた。猫が一匹駆け寄って来て、あなたの胸に飛び込み、あなたは優しくその小さな体を撫でている。顔は涙に濡れたままだ。その時壁の掛け時計から、チクタク、チクタク、という音が聞こえた。大粒の雨が落ち始めたのだろうか？　私は振り向いて窓の外をじっと見つめた。向かいのカラオケボックスのネオンがはるか遠くに見え、さらに先には電灯の明かりが見える。雨は降っていない。もう一度壁の掛け時計に目を移すと、それは電子時計で、数字を指すのにチクタクという音を出すはずがなかった。音はどこからするのだろう？

チクタク。
チクタク、チクタク。
チクタク、チクタク、チクタク。
私は耳をそばだてた。
それは私の胸から出る、ひとしきり、心が引き裂かれる音だった。

その四　私を遠くへ連れて行って

彼女が小学校に上がったばかりの頃、母はまだ家にいた。半日授業の日々、学校が終わると帰宅ルートごとに組まれた子どもたちのグループに入って、二十分の道のりを歩いて帰った。まっすぐ家に戻らないで、まず近所の家に寄り道をした。きまって村の入口のおじいさんの家か隣家の収驚おばあさんの家のどちらかだった。

おじいさんの家では「網張り」を手伝った。バドミントンのラケットにナイロン糸を通して結ぶ内職で、網張りを手伝うとおじいさんから物語が聞けたし、ミルクビスケットを食べさせてもらえた。おじいさんは彼女の実の祖父ではなかった。彼女自身の祖父は養子で、このおじいさんが曾祖父の家の実の息子だったので、彼女の家もおじいさんの親戚のうちに数えられていた。おじいさんは大地主で、山や田畑を数えきれないほど持っていて、竹で囲まれたこの小さな村落も見渡す限りが彼の家の資産だったが、それでもおじいさんは毎日家で「網張り」の内職をした。もう七十歳を過ぎていたおじいさんは読み書きがまったくできなかったけれども、とても頭がよくて、目も耳も達者だった。家計は勤勉と質素を旨とし、家の中のどんな支出も彼の承認を経なければならなかった。息子や嫁、孫たちが心の中で何を考えているかすべてお見通しで、軍隊のように整然と秩序だてて大家族の面々を管理していた。家は大きく財産もあったが、家の中の食事や生活の簡素さと言ったら三級貧民家庭のレベル〔一家の労働人口が家族の三分の一未満で、総収入が最低生活費の三分の二に満たない家庭〕だった。これもみな富が三代続かないのを心配したからで、子や孫にぜいたくで派手な気風を持たせまいとしたのだ。

おじいさんは、昼間は田に出たり、豚を飼ったり、野菜を植えたりして、余った時間は家で内職をした。夕方、学校が退けた孫たちに近所の子どもたちを誘わせて作業を手伝わせた。おじいさんは孫が多かったし、さらに近所の子どもたちを加えると、さながら小型の加工場のようになった。おじいさんは背もたれにアームのある古い籐椅子に腰かけ、子どもたちはそれぞれ木の丸椅子に座って、おじいさんをぐるりと取り囲んだ。おじいさんは片手にバドミントンのラケットの木枠を持ち、もう片方の手でナイロン糸を持って、まず木枠の一列に並んだ小さな丸い穴に通し、およそ十本から十二本くらいの直線を作ってから、糸を側面の小さな丸い穴に回し、その直線の横糸に上、下の順で通して行った。こうして縦横に交差させて、糸を通し終わるとキリを使って一本一本弛みをなくし、それから余分な糸の先を裁断して、あっという間にラケットが完成した。おじいさんは両手をきびきびと動かしながら、「三国志演義」「水滸伝」「七侠五義」などの話をしてくれた。おじいさんが話してくれるのはどれも忠孝節義の物語ばかりだったけれど、子どもたちは熱心に耳を傾け、手の動きを止めることなく、それぞれおじいさんのように片手にラケットを持ってもう一方の手で糸を通した。誰か少しでもいい加減にやったり怠けたりすると、おじいさんはすぐに口を閉じて話してくれなくなるので、そういう時はみんなで勘弁してくれるように頼むしかなかった。

ときどき少女はおじいさんの家に行かないことがあった。忠孝節義の物語を聞き飽きたか、それとも怠け心が出て、疲れるのが嫌で網張りをしたくなくなると、収驚おばあさんの家に遊びに行った。そこでもお話が聞けた。おばあさんは昔話に出て来る虎ばあさん〔口承民間伝説で、おばあさんに化けた人食い虎が留守番をしていた二人の子どもを食べようとするが、ネズミに化けた神仙が知恵を貸して、虎を退治する話〕のように、周囲に竹などの樹木が生い茂り草花に一面覆われた敷地に住んでいた。おばあさんの家は少女の家の隣にあったが、古い木の門ととても高いレンガ塀で隔てられていたので、まるで別天地のようだった。おばあさんの家の応接間には何だかわからない神仏の像が祭られており、天井から垂れ下がっている大きな渦巻き線香にはいつも火がついていた。一年じゅうどの季節も、線香の煙が立ち込め、祭壇の上の左右の巨大な紅のろうそくは、燃えて溶け落ちた蠟のしずくが取り除かれずに積もったままになっていた。線香の灰が祭壇の上や床に散らばり、部屋の中は暗くてじめじめして、ろうそくの影がゆらゆら揺れていた。明るい所でじっくり見てみると、おばあさんは実際にはとても温和な、ふっくらした笑顔の持ち主で、よく口をとがらせて話をした。ところが光線が明るくなったり暗くなったりする時刻になると、背が低く太ったせむしのおばあさんのシルエットが、神出鬼没、いつどの部屋のどの隅から姿を現すかわからなかった。突然、子どもたちの背後に現れたりすることもあれば、時には姿は見えないのにしわがれ声がして、経文呪文のようなものを唱えるのが聞こえるだけの時もあり、暗い所ではちょっと怖かった。誰が「虎ばあさん」と呼び始めたのか知らないが、口づてに広がっていくうちにこう呼ばれるようになっていた。

　おばあさんは話がたいへんうまかった。「神仙鬼怪の物語」をするのが得意で、「虎ばあさん」、「白蛇伝」、「目蓮、母を救いにあの世をめぐる」、「七仙女」、「聊斎志異」「西遊記」など、天上の神仙たち一人一人を彼女は家宝を数え上げるようによどみなく、生き生きと真に迫る話しぶりで聞かせてくれた。おばあさんの特技は「収驚」で、その近辺で名の知れた収驚おばあさんと言えば彼女のことだった。昔の人は夜よく眠れなかったり、体に不思議な痛みがあったり、子どもの成長が遅かったりした時、はては雌鶏が卵を産まないとか豚が太らないなどのことまで、おばあさんの所に来ては収驚してもらっていた。もちろんやって来る人の多くは母親やおばあさんたちで、子どもや孫を連れて来て、ついでに夫の衣類を持って来たりした。本人でも服だけでも、おばあさんは出し物でもやるように一つ「収驚ショー」をやった。米を数粒、煙草の灰に交ぜ、空の鉄の缶の中に入れてから、それを収驚される人の衣服で包み、もし本人が来ていたら、米粒の入った缶を収驚される人の頭の上でぐるぐる回しながら、口で「天霊霊、地霊霊……」とたて続けに大勢の神仙の名前を唱えるのだ。本人が来ていない時は、米粒の入った缶を空中で回した。呪文は同じで、神仙の名前だけを変えていた。おばあさんは声を低く抑えて早口で話し、また近づいて聞くことを許さなかったので、おばあさんが何を話しているのかわかったためしがなかったが、儀式の最後にその人の名前を呼んで、「○○、戻って来い、○○、戻って来い」と言っていたことだけは覚えている。何かに驚いて離れて行った魂を呼び戻しているように聞こえた。呼び声の一つ一つがよく響き、よく通り、せっぱ詰まっていて、そばにいた子どもまで一緒に叫び出すこともあった。「○○、戻って来い！」

小さな敷地にその声が木霊して響きわたった。○○、戻って来い！　何度か多めに呼ぶと、もっと遠くに離れて行った魂も家の方角を探し当てることができるのだ。

少女の両親は神を信じなかったし、このような迷信を好まなかった。それで彼女はおばあさんに一度も収驚してもらったことはなかったが、おばあさんがこの魔術をやるのを見るのが大好きだったので、よくその家に出入りしていた。おばあさんの仕事が片づくとお話をしてもらえるので、行くとすぐに庭掃除、部屋の片づけなどの雑用を手伝った。祭壇の前であれやこれや手伝う姿は、本当にいい子に見えた。追い追い少女はたくさんの物語を聞いた。神鬼妖怪の話ばかりだったから、よく夜中に悪夢を見たけれども、少女はしょっちゅうおばあさんの所に遊びに行った。その上一度行くと名残惜しくて家に帰るのを忘れるほどで、父が三番目の伯父の家具工場から仕事を終えて帰宅し、母が夕食の支度を終える頃、何度も促されてやっと家に呼び戻されるのが常だった。時にはおじいさんやおばあさんの家で夕食を食べて、七時か八時頃ようやく家に戻ることもあった。

しかし母が家を出てからは、少女はおじいさんやおばあさんの所に遊びに行かなくなった。近所の人には悪口を言われ、子どもたちからはわざとか無意識かわからないけれど、ひどくあざけられ、彼ら一家は村の笑いものになってしまったようだった。彼女は母親に捨てられた子どもにされるのが耐えがたく、また人々が非情で悪意を込めてありもしない噂を捏造するのが嫌だった。少し前までみんなは仲のよい隣人だったのに、なぜ一瞬のうちに腹をすかせた狼に変わりはて、彼らの家の悲劇を貪欲に丸飲みしようとするのだろうか。閉ざされた村の中では、八卦で占うようなことが起こるとそれが何であれ天地を揺るがすほどの大騒ぎになったので、まして家が差し押さえに遭い、妻子が離散するなどの大事ではなおさらだった。

少女は親しかった人たちの醜悪な顔を見たくなかった。それで近所の家に遊びに行かなくなり、隣家の子ともつき合わなくなった。いちばん辛かったのは物語を聞く日々をいちどきに失ってしまったことだった。

水曜日の午後三時限目の「お話の授業」で、少女は教壇に立ってクラスメートたちに物語を話して聞かせることができた。最初は生徒全員が順番に前に出て、「何か好きなことを話そう」と先生が言った。しかし互いに押しつけ合って誰も出て行って話そうとしなかったので、先生はしかたなく指名することにした。前に出るように名前を呼ばれた生徒はなんとか逃れようといろいろ理由をこしらえて嫌がったり、でたらめな笑い話や読書の感想のようなものをいい加減に話してさっさと席に戻ったりしていたが、教壇の下ではむしろ口々に楽しそうにお喋りをしていた。お話の授業はこんなものだった。しかし少女が話す番になって、幽霊になったお嫁さんの話をすると、同級生たちの反応がとてもよかったので、先生は言った。「来週も君がまた話をしなさい」それからまる一年間、お話の授業はいつも彼女が教壇に上がり、先生も生徒もみな夢中になって聞き入り、やがて隣のクラスの生徒もやって来て聞くようになった。最初に話したのは母が話してくれた童話だったが、しだいにおじいさんやおばあさんの所で聞いた民間伝承も話すようになった。そして自分が聞いたことのある物語や伝説を全部話し終わると、少女は自分でお話を作り始めた。これが彼女に想像を膨らますことのできるさらに広い空間をもたらした。彼女はこれまで自分の頭の中の奇妙な思いつきを、他人を惹きつける物語に変えることができるのを知らなかった。学校では何年生の何クラスに話の上手な少女がいると知れ渡って行った。少女はこのような時間を深く味わい楽しみながら、大きく口を開け頭を使って神秘的で不思議な世界へ入って行った。ときどき話しているうちにすっかり我を忘れ、教壇の下で人が聞いていてもまったく気にならないことがあった。彼女は自分のためにその物語を語っていたのだ。

その時彼女は小学校六年生だった。

少女は、壇上で話をしているのは、実は彼女の母なのだとよく想像したものだった。記憶の中の母はかつてこうして彼女にたくさんの感動的な話をしてくれた。白い紙に人物を描いて、一つ一つ彼らのために身分や性格を創造し、ストーリーを組み立てた。その頃彼女はまだ小学校に上がっておらず、父は三番目の伯父の工場で大工をして家具を作っていた。母は工場で煮炊きを手伝い、同時にパンやビスケットなどの販売もやっていた。母が仕事をしている時、彼女は言葉を話し始めたばかりの妹と、揺り籠の中のまだ赤ん坊だった弟の世話を手伝った。母からは有能な小さな助手だと褒められ、てきぱきとして、器用で、口が上手だったので、工場のおじさんやおばさんたちからも好かれていた。仕事が終わると母は家で加工の内職をした。服や傘を縫ったり、櫛を作ったり、麦わら帽子を編んだりと、加工が必要な物はたくさんあった。母はさらに自分で緑豆スープや小豆スープを作ってチャック付のビニールの小袋に注ぎ、凍らせてアイスキャンデーを作ると近所の子どもたちに売った。父が豊原に行っていろいろな「くじ引き飴」をまとめ買いして来たので、少女は機転をきかせて近所の子どもたちを騙して家に連れて帰り、彼らに母が作ったアイスキャンデーを買わせ、一元五角でくじ引き飴のゲームをさせた。母が彼女にくれたいちばんのご褒美は物語を話して聞かせることだった。「こんなにお話を聞くのが好きな子どもは見たことないわ」母はいつもこう言って彼女のことを笑った。母について離れず、薄く伸ばした牛皮飴のようにまといついていたのは、母から物語を聞くためだった。ずいぶん後になって、少女はお話の授業の時にそれらの物語をさらに複雑で生き生きした物に作り変えて話したが、しかし頭の中で覚えていたのは物語をする時の母の表情だった。笑っているようで笑っていない口元、話が大事な時にさしかかるとわざと話を伸ばし、いろいろ違う配役の口ぶりや声の調子をまね、話が嬉しい時には踊り上がって喜び、悲しい時には涙を流しさえした。実際には聴衆は彼女一人しかいなかったが、しかし母はとても熱心に演じてくれた。年月を経てそれらの物語の内容はもう忘れてしまったけれども、母が少し目を細めながら集中している様子、小さな口を開けたり閉じたりする芝居がかったしぐさ、魅力あふれる声と表情は覚えていた。彼女は目の前にいる歌もしぐさもどちらもうまかった母を慕い頼っていた。彼女は、母やおじいさんやおばあさんのような少し変わった珍しい人たちが、彼女に一つまた一つと物語を食べさせて、文字を使って物語をする人に彼女を育て上げてくれたのだと思った。

その頃が彼女の人生の中でいちばん素晴らしい時だった。一晩のうちに、彼女が失ったのは母だけでなく、子ども時代の思い出全部だった。ところが惜しいことに、すべてを失くしてしまった。

もしそのままずっと順調に行っていたならば、彼女はどんな女の子になっていただろうか。どう想像すればいいのかわからないが、記憶をたどれば、もし彼女が大工と工場の厨房で働く女の間に生まれた子どもにすぎなかったら、作家にはならなかったかもしれない。母が家を出る前、まだ学校に上がる前の頃、彼女は自分がとても活発だったことを覚えている。野や山を駆け回り、男の子と喧嘩したりして、一分たりともじっとしていられなかったので、きっと明朗活発な子になっていたはずだ。しかし、彼女は何にでも好奇心を持ち、大人が話していると従者のようにそばでじっと聞いているのも好きで、あちこちよその家に遊びに行った。想像力がとりわけ豊かで、頭の中にはたくさん物語が詰まっていて、ちょうど物語を書くのにぴったりの人のようだったが、それを誰が知っていただろう。比較のしようはないのだけれど、とにかく、もしあんなに多額の借金をかかえることがなければ、もし母が家を出て行かなければ、さらにもし次から次へととめどなく悪いことが起こらなければ、彼女の心にあれほど多くの悲しみが詰まることはなかっただろう。わからない。この質問に答えられる人は誰もいない。人生は繰り返せないし、比較できない。少女はどう考えたらいいかわからなかった。ある日、彼女は何気なく制御不能の列車に乗ってしまい、二度と降りられなくなった。疾走する車両が軌道を逸れ、彼女を乗せて予測のつかない所へ突き進んで行くのに身を任せるしかなかった。

黄ばんだシャツを着て、ゴムぞうりをはいた中年の男が一人の小さな男の子の手を引いている。妻に逃げられた失業中の男に違いない。体から強い酒の匂いをさせている。妻はきっと彼の激しい気性にがまんできなくなって家を出たのだろう。髪をふわふわに膨らませクリーム色の洋服を着て手に刺繍のハンドバックを提げた女は、前髪を反り返った庇のようにセットしている。きっと美容院から出てきたばかりで、夜の八時の連続ドラマを見ようと家路を急いでいるに違いない。その一メートル後方に痩せて背の高い若い男が、連れらしい女の後をぴたりとつけて歩いている。女の近所にある雑貨店の主人に決まっている。彼らは女が日用品を買いに出かける時を利用して、誰もいない小さな倉庫であいびきでもしていたのだろう。むこうから清楚で上品な白髪の老婦人がやって来た。道を歩く姿は右足が少し委縮しているようで、自然に右側に傾いている。彼女のそばには白いゴルフウェア姿の老人が思いやり深く彼女を支えている。この仲むつまじい老夫婦は少女が長いこと離れ離れになっていた祖父と祖母に違いない。彼らは当時孫娘が迷子になったこの賑やかな市場を毎晩訪れては尋ね歩いているのだ。少女の前を通り過ぎる時、彼らは彼女の姿に目をとめた。きっとどこかに親しみを感じ、顔に少しくらい見覚えがあるような気がしたはずだ。だが確かめようとしないので、少女は思わず叫び出しそうになった。「私よ、わかるでしょう？　早く私を家に連れて帰って」

露店をやっている時でも店番をしている時でも、客が少ない時、少女はいつもぼうっとした状態に陥り、山のように積まれた服を見上げたままぽかんとしていた。客を呼び込むのがおっくうで、露店の前をたまに人が通り過ぎても立ち止まらせようとしなかった。彼女は目の前を通り過ぎていく通行人たちを一人一人じっくり観察して、彼らの身分を想像し、彼らの物語を作っていたが、それ以上に、本当の両親や祖父母を探すことに時間を費やしていた。自分が孤児ではなく、ましてどこかの家の迷子でもないのはわかっていた。彼女の頬の目立つそばかす、ほっそり痩せた手足は母親にそっくりだった。彼女の顔の形と目は父親に生き写しだった。しかしそれでも探した。毎日一つ、彼女は自分のために嘘の身の上を作り上げた。今、彼女自身が持っているものでなければ、どんなストーリーでもよかった。

「私を連れてって」

少女は三々五々自分のそばを通り過ぎる見知らぬ男女に向かってつぶやいた。しかし救いを求める彼女の声を聞き届けた人はいなかった。

「私を連れてって」私のつぶやきが、あなたには聞こえなかったようだ。私はあなたの車に乗ったけれど、あなたが私をどこに連れて行くのか知らない。でもあの時私を連れて行ってくれなかったので、今あなたについて行くことはできない。私たちは愛し合うタイミングをもはや逃がしていた。それなのに私はあなたの車に乗った。あなたがハンドルを握り、車は一直線に疾走していた。

目の前は見渡す限りの漁場だ。夕方の五時、私たちは肩を並べて堤防に腰かけた。しんと静まりかえり、かすかに水の流れる音が聞こえるだけだ。ときおり水の中から魚が飛び跳ね、その水しぶきが水面に落ちる音がした。一艘の電動筏が遠くからゆっくりと近づいて来た。薄手の服を着た年配の人が、一人で筏に乗って、この広大な魚場を巡回していた。あなたはスポーツシューズを脱ぐとそれを枕がわりにして寝そべり、静かに空を眺めていた。長い時間私たちは口をきいていなかった。言葉を交わせばこの静寂が壊れそうな気がした。私は立ち上がり、堤防を行ったり来たりした。都会に長く住んでいると、いろいろな騒音に囲まれて、いつも心までが騒々しく感じられたが、この時、耳がよく通り、小さな音でも自分が聞きとれているのに気づいた。ずっと混乱していた気持ちがしだいに落ちついて来たのは、あなたがそばにいるおかげかもしれない。

あなたも体を起して座った。私は歩みを止めてあなたのそばに腰を下ろした。午後のうららかな日和に影がさして、風が出始めた。少し寒い。私はコートをギュッとつかんで、頭をあなたの肩にもたせかけた。あなたは手を伸ばして私を抱きよせたが、一言も喋らない。話さねばならないことがたくさんあるはずなのに、私たちは口をつぐんでいた。長い別れの後の再会なのに、私は心の中にあふれる声を口に出すことができないでいた。あなたが何を考えているのかわからない。私たちは二つの異なる世界から出て来たのだ。これはもう一つの、束の間の休暇なのだった。

ようやくあなたに会えた。長い時間が経過し、離れていた数百日が軽々と消えて行った。本当に長かった。あなたの姿を目にした時、忘れたはずのあの時が私の前にひしめき合いながら押し寄せて来た。この間になんといろんな事が起こったことだろう。再会の時私はすっかり様子が変わっていた。あなたの目に映る私はどんな姿をしているのだろう。あなたと過ごしたディテール、樹木と草花に囲まれたロサンゼルスの閑静な小さな家で、かつていくつもの朝晩を過ごした。それらの日々が全部私の目の前までやって来て訴えかけた。なんて懐かしい。

時間を転がして、静かに、すべてが目の前をひらひらと飛んで行くのに任せよう。私をあなたのリュックの中に詰め込んで、遠くへ連れて行ってちょうだい。

台湾の南から出発して、あなたは私をドライブに誘い、ついでに台中まで私を送ってくれることになった。そして百キロ余り走った。高速道路は通らずに、省道を走り、小さな田舎町をいくつも通り過ぎたが、実はこれらの場所を私はよく知っていた。前に腕時計を配達していた時、台湾の大小の都市をくまなく回ったからだ。その頃は面白い場所に出くわすと、車を止めてあたりをぶらぶらしたり、おいしい物を食べたりして、疲れると夜はモーテルで眠った。以前アメリカにいた時もそうだったけれど、あなたはどこでも自分の居場所にする人だ。私は仕事の関係で長時間車に乗るのに慣れているので、あなたと一緒の時は自分をあなたに預けて、天地の果てまで、ひたすら目の前の状況から抜け出すことばかり考える。
名所旧跡にも行かず、地方の名物も食べずに、私たちは車を先へと走らせた。走ったり止まったり、二日間の休暇だった。私たちは自分の仕事と生活を離れて、とびとびになった記憶をおさらいしていた。あなたを訪ねて行くのは、毎回きまって頭がいちばん混乱して辛い時だ。あなたは人を慰めるのがへたで、静かに車を走らせてあちこち連れて行ってくれるだけだったが、そばにいるだけでしばしの休息を得ることができた。

あの時アメリカで撮った写真を、二年あまりも放ったまま現像に出していない。フィルムがもうだめになっているかもしれない。何度もあなたのことを書こうとしたが、勇気が出なかった。距離があまりに近すぎるために処理できず、写真を見る気力さえなかった。ときどきフィルムが入っている黒の小さい筒状のケースを取り出して遊んだ。本を読んでも書き物をしてもうまく行かず手持ち無沙汰な時、散らかったテーブルの上でこれらの小さなケースを転がした。フィルムは全部で五本あったが、何を撮ったか中身はもう覚えていない。たぶん、ロサンゼルスのグリフィス公園で太鼓を叩いていた、ずっと私のことを韓国人だと勘違いして韓国語で話し続けた年寄りの黒人や、脇に小さな子どもをかかえてポニーに乗っていたメキシコ人、フィッシャーマンズ・ワーフのけだるそうなアザラシ、エコー・パークの坂の上にある奇妙な小さな家、公園の中にあちこち分散して住んでいるメキシコ人の家族、小さなワゴンを押していつどこでも物を売り始める人たち……。小さな黒い円筒のケースには私たちの短いけれども深い思い出が詰まっていた。

アメリカでは、あなたが学校に行っている間、私は部屋にこもってこの小説を書いていた。簡単な昼ごはんを作り、食後にコーヒーを飲み、庭に出て煙草を吸う。それから小説に取りかかった。時にはうまく書けて一日に数千字も書いたが、どうしてもうまく書けないと、部屋じゅうをでたらめに歩き回ったり、子犬と遊んだり、パソコンの前で茫然としていたこともあった。机のそばのガラス戸はちょうど裏庭に面していて、さまざまな植物や樹木でいっぱいの庭にはいろいろな種類の鳥が居ついていた。左側の背の高い松の木には一匹のリスが住んでいて、しょっちゅう駆け降りて来ては食べ物を探していた。二本の短い前足で松の実をかかえて口で懸命にかじっている様子はなんとも言えずかわいかった。私はいつもこうして空が暗くなるまで座っていて、それからスタンドの明かりをつけた。ちっとも書けていないようでも、気分は遥か遠い過去へ漂い、子犬がずっと前に裏庭の土の中に埋めた骨を掘り返すように、真実または虚構の記憶を掘り起こしていった。ときどきあなたが帰って来たのに気づかなくて、ドアを開けて入って来たあなたの姿を見るとしばらく驚いたり喜んだりしたものだ。

私は自分がなぜこの小説を書き始めたかわからない。もともとあなたに物語をしたかっただけだ。自分に起こったことでも私が創造した話でもかまわない。あなたは物語を聞くのが好きで、私は話すのが好きで、書くのが好きだった。あなたに出会う前の一時期、私は書くのをやめていた。特別な原因があったわけではなくて、単に書ける物語がなかったからだと思う。

どうしても忘れられないのが、私たちがメキシコに遊びに行った時のことだ。山の坂道に沿って建てられた大小さまざまの朽ち果てた家、貧しい人々、市場にはいろいろな商売で生計を立てている行商人がいて、台湾南部のどこかの町にそっくりだった。私たちの車の後ろの窓が割られた。何も貴重品はなかったが、あなたの駐車許可証、水筒、私のコート、それにこまごましたものが盗まれてしまった。帰りに国境を通った際に、パスポート検査をしたが、その間じゅういろんな人がやって来て車の窓を叩き、あれこれ物を売りつけた。じゅうたん、手工芸品、メキシコ風マントなどだ。その時私は手にまだ食べ終わっていないポップコーンの大きなカップを持ち、上に振りかけたチーズクリームのせいでトウモロコシの粒が柔らかくべたべたしていた。その前にさんざん食べていたので、まだたくさん残っているポップコーンを持っているのは手が疲れた。たいして面倒な入国手続きではなかったが、それでも少しばかり長引いていた。二人の小さな少女が来て車の窓を叩いた。頭も顔も不潔に汚れていて、何か言っているのだけれど聞き取れなかった。後でようやく私が手にしているポップコーンが欲しいのだとわかった。車を追いかけて、しきりに車の窓を叩き、ずっと私の手の紙コップを指さしながら大きな声で叫んでいたからだ。私が車の窓を下ろして、彼女たちに小銭をあげようとした時、背がやや高い方の少女がなんとさっとポップコーンを奪い去り、そこからいくらも行かない道の端で、二人の少女はポップコーンのために殴り合いの喧嘩を始めてしまった。そばには彼女たちの母親とおぼしき女がいて、赤ん坊を抱いて一台の車の窓を叩き続けていた。

　私は手にまだ何枚かコインを握ったまま、誰にあげたらいいか戸惑っていた。あまりに多くの貧しい人たちが私の近くでひしめいているので、決められないのだ。

あの少女は私かもしれない？　違う、彼女たちに比べたら、私のあの少しおかしな体験などたいしたことではない。

車の中で私たちはほとんど話をしなかった。大部分の時間、私は窓の外ばかり眺めていた。車輪の下の砂埃がくるくる回転して追いかけて来るように、とりとめもない物思いにふけっていた。「この前話し終わらなかった物語の続きをしてくれないかなあ」あなたが口を開いた。私はびっくりした。二年も前のことだ。その時私は何を話したのだろう？

物語の続きを話せば、愛情も戻るだろうか？　私は首を横に振った。生まれなかったものは消えることもない。だが私はやはり声を出してあなたに小声で語りかけた。こういうのもいい。今度も離れなければならないのはやはり私のほうだ。

何の音だと思う？　少女が喉飴の入った黄色の丸い缶を振っていた。ガランガラン、力いっぱい振ってから、缶に耳を近づけて聞いてみる。また何回か振る。彼女は缶の中で湿気てかたまりになってしまった喉飴を砕いて小さな粒にしていた。この種の飴はこういうところが嫌だった。開封後に湿気るとすぐ溶けてかたまりになってしまう。ガランガラン、少女は缶を壁にぶつけてみた。すると何個か飴が剥がれ落ちた音がしたので、少女は喜んで缶の蓋を開け、逆さにして手の平に取り出した。

露店の前は人でごったがえしていた。少女は必死に人ごみをかき分けて露店の前まで来ると、「はい、喉飴」手を伸ばして母に渡した。「おい、まだか」父が横から言った。大声で呼び売りをしたり、客と値段の交渉をしたりするのは疲れて、喉を痛めた。この喉飴を食べると効くのかどうかわからないけれど、少女はよく口実を見つけては売り場を降りて、飲み物をついだり、小銭を両替したり、喉飴を取りに行ったりした。隙を見てちょっとぶらつくこともあった。

　露店の時も店を構えていた時も、少女の家の商売はいつも繁盛していた。露店でも店でも客が多すぎて困るくらいで、押し合いになって悲鳴を上げる人が出るほどだったが、しかしそのような盛況は、数年後には二度と見られなくなった。

　売り場の平台の上では、縁日に村芝居がかかる時の舞台のように、昼も夜も毎日素晴らしい劇を上演していた。両親は懸命に声を張り上げて物を売り、しばしばそのせいで喉をからしていた。少女はいつも彼らのために羅漢果茶、枇杷膏〔枇杷で作った水飴状の薬〕、喉飴などを準備して喉を守ってやっていたが、どうしても普通の声が出なくなった時には、少女が登場して一人で屋台骨を支えた。普段は両親がそばにいて、特に母が台の上にいる時は、彼女はただ横から口で加勢すればよかったが、少女一人でマイクを握って登場する番になると、緊張のあまり体が震えた。大人は彼女のことを生まれつき特に出来のよい子どもだとみなしていた。夜市の人はみんな、彼女が台に立てばなぜか不思議なことに誰もが物を買う気にさせられるのを知っていた。だが少女は台の上でいつもトランス状態にあった。何を話したらいいのかわからない。大きなプレッシャーの中で、口から自分でも驚くような声が出て来た。生き生きと元気のいい、大胆でのびのびとした声だった。彼女がマイクを握り指を伸ばすと、指さされた人は誰でも頭がくらくらして財布を開け、少女が彼あるいは彼女に差し出す服をつい買ってしまうのだ。痩せた小さな体は混み合う客に飲み込まれそうになりながらも、人ごみの中で不思議な光を放っていた。少女の表情は混乱し目は潤んで、現実に自分が何をしているのかわかっていなかった。小さい時からそうだった。体の中に本能のようなものがあり、彼女に生き抜くように、生存のためには限度を超えたさまざまな努力をするように教えていた。その時彼女は決してその場にいなかった。どこに行ってしまうのか自分でもわからなかった。正気に戻るとおびただしい数の手が次々に彼女の方に伸びていた。彼女に何かの取り立てをしているようにも、また彼女を切り裂こうとしているようにも見えた。だんだん彼女の声もかれ始め、思うように出なくなった。どんなに声がよくてもこんな使い方をすればだめになる。少女はその週の月曜日にある合唱団の練習にまた参加できなくなったと思った。その学期の間まだ一曲もきちんと歌い終えることができないでいた。音楽の先生が彼女の言うことを信じるはずがない。彼女のために他の先生や同級生たちが大目に見てやってほしいと頼んでくれたり、彼女が前は全校でいちばん歌が上手い生徒だったのだと言ってくれたりしたけれども、どうしようもなかった。二度とあんなきれいな声は出せなくなってしまった。傷ついた声帯はやけどをしたように痛んだ。喉の奥の方に何かができて、それが日ごとに腐って行くのが見えるようだった。最初は大きく腫れ、やがて痛み出し、それから締めつけるように委縮して、何日も声が出なくなった。少し休めばしだいに回復するのだが、休日になるとまた二日間大声を張り上げるので、すべて台無しになってしまう。音楽の授業と合唱の練習はなぜいつも月曜日にあるのかしら、金曜日だったらよかったのに。その時なら喉は休みが取れておおかたは回復している。彼女は自分がきれいな声の持ち主で、曲も一、二度聞けばすぐにラララと口をついて出てくるのを知っていたが、証明するすべがなかった。彼女が証明できないことはたくさんあった。

たまに同級生や先生に出会うことがあった。その時少女は中学生で、学校で話題の人になっていた。学校の二人の国語の先生が豊原に住んでおり、彼女が市場で商売をしているのを初めて目にした時は非常に驚き、こんなことをやっていても常に月例試験では全校で上位数名の中に入っているのが信じられないと思った。このニュースが学校に伝わってしまい、校長が彼女のことを奮起型とかいう模範生として表彰会を開いたこともあった。ああ、後生だからやめて。彼女は抵抗を試みたが無駄だった。もしかすると先生や同級生が休日に示し合わせて服を買いに来て、彼女が呼び売りしているのを見るかもしれない。両親はさぞかし得意になるだろうが、その後こちらに向けられる一人一人の二つの目が、称賛の言葉や好奇の視線が、一つ一つ彼女の心を引き裂くだろう。だが彼女は他人が自分に向ける視線を、舞台に立ち続けることを拒否できないのと同じように、拒むことができなかった。それは彼女が選択できるものではなかった。

その頃、向かいの婦人服店とちょうど食うか食われるかの戦いを繰り広げていた。彼らはいつも大音量を出して少女の声を抑えこもうと企んでいた。向かいの婦人服店の人はみんな体が大きくがっしりしていて、声も大きくてよく通った。一家には夫婦二人と、見たところもう二、三十歳にはなっていそうな二人の息子と二人の娘がいて、どう見てもその気勢は彼女たちよりはるかに大きかった。この家族は特に好戦的で、少女の家の左斜め向かいに婦人服店を開いて彼らと競っていたが、奇妙な手を使って少女の家に対抗して来た。たとえば少女の店にやって来て何枚か服を買い、持ち帰ると台の上に立ってこちらの売り値より百元安い価格でその服の呼び売りを始め、彼らの店の商品の方が安いのだと客に思わせようとした。こんな時、少女は口がからからになるまで客に説明し、さらに彼らの言葉の挑発にも対処しなければならなかった。非常にやっかいなことに、少女の店の客数が彼らより少ないと、両親の顔色は台風でも来るみたいに暗くなった。喉をからして大声で叫びながらあせって地団太を踏み、客足が減って行くのはみんな彼女のせいだと言わんばかりだった。武場式の商売はまさにこういうものだ。競うのは気勢であり、一方が気を抜いて気勢が弱まると、客はすぐにもう一方へ流れてしまう。休日はいつも「決戦の時」で、本当に恐ろしかった。何年間も、店は常時、戦闘に備えた状態に置かれていた。少女が一番怖かったのは、声をからし睡眠不足で目を赤くしている両親が彼女を叱る時だった。そんな時、彼女は彼らが他人に見え、自分も誰だかわからなくなった。すべてがこんな具合にでたらめに思われたが、しかし残酷な現実はまさにこの通りだった。少女はお金の重要性を知っていた。これがなければ、彼女は決して救われないのだと。

「生活の方はやって行けるの？　困ったことがあれば力になるよ」とあなたは言った。私は一人で台北に出て行き、勤めに出ず、真面目にお金を稼ぐこともしないで、一日じゅう家の中に閉じこもって役に立たないものを書いている。友人も出版社の人も私が生活して行けるかどうか心配してくれた。いい家に住んでいたが、実際は無一文だった。

「どうしようもなくなったら田舎に戻って露店でもやるわ」私は窓の外に向って煙草の煙をふうっ

と吐いた。これは冗談だ。今もう、どうしようもなくなっているのだから。

本を出したばかりの頃たびたび職業を聞かれた。その時私は最初の女友達と夜市に露店を出して服を売り始めていた。これがメディアに載ってどんどん広まって行き、何やら伝奇的な人物になってしまった。その頃は私自身もひどく俗っぽくて、人々の作家に対する紋切り型の印象を覆しているような気になり、わざと自分が特別であるかのように喋ったりした。しかし実際にはただお金を稼いで生計を立てていたに過ぎない。私という人間は物を売る以外、何ができるかと言えば、大学卒業後にいろいろ仕事をやってみたものの、大部分の時間は失業中だった。私はたぶん社会にうまく適応できないだけなのだ。

数年たってもまだ大勢の読者が、私が過去に服を売っていた経歴を語り継ぐので、多くの人が「とってもクール」な事だと思って、よく私に冗談を言った。「もし仕事が見つからなかったら、あなたをまねて露店を出そうかしら」さらに熱心な読者の中には、あちこちの夜市に行って私の露店を探し回ったと言う人もあれば、仲間を募って私が露店をやっているのを見学に行こうと言い出す人もあり、こうした話を聞くと私は泣くに泣けず笑うに笑えなかった。あまりに辛すぎるからかもしれないし、他人にプライバシーを知られたくないからかもしれないが、いつも私は何を言われても平気なふりをした。以前講演に行った時のことを振りかえると、聴衆の受けを狙って大げさに「奇抜な体験」とやらをひけらかして、自分が他の作家とは違うことを示そうとした。これは私が世俗に媚びているところなのだろうか、それとも自分を粉飾する手段なのだろうか？　だが、まったく新しい自分、新しい身分を作ろうとするのは、実に馬鹿げている。もし成功すればすべての記憶をひっくり返すことができるが、残念ながらこういうやり方は失敗するに決まっている。他人には珍しくて面白い経歴であっても私にはたまらなく辛い過去だった。

私が働いて生計を立てているスタイルは常に好奇心を持って議論される。私の大好きな日本の作家の山田詠美は、有名になると私生活がメディアに大々的に報道された。若かった時に銀座のバーでホステスをしていたこと、ヌードモデルをしたことがあること、ＳＭクラブで働いていたこと、さらにセクシービデオに出演したことがあることなど、これらの経歴は人々の覗き癖と性的妄想をかきたて無限の想像を提供した。もちろん私の人生は山田詠美のようにすばらしくて異彩を放ってはいないけれども、しかし一人の作家が教師でもなく編集者や記者でもなくて、ウェイトレス、女工、露店行商人、外まわりの配達員であれば、もう十分に人々の関心を引きつけてやまないようだった。

大学では中国文学を専攻したが、小説を書くこととは関係がないような気がして、二年の時にあやうく休学しそうになったが思いとどまり、卒業後は故郷の台中に戻った。両親の思い通りに教師や公務員になることができなかったために家族と決裂し、無一文で台中市内に一人で部屋を借りて住んだ。すぐに明日からの食事にもこと欠き家賃も払えない危機に直面し、善意の友人たちが数千元貸してくれたものの、いくらももたないので、大慌てで手当たり次第に仕事を探し回った。私の計画は、家賃と最低限度の生活費を払うことができさえすれば、どんな仕事でもかまわない、仕事をしながら小説を書くつもりだった。この計画は簡単そうに聞こえるだろうが、しかし後で非常に難しいことがわかり、まるで私が何か現実離れした輩のように思われてしまった。

もちろん現実離れはしていた。まず、大卒だったが、中国文学を学んだからと言ってそれが何かの特技になるわけでもなく、コンビニ店さえも私を採用しなかった。その上私は履歴書が書けなかった。職探しに関して何の知識もなく、ほとんど無知に等しかった。新聞の求人欄を見るだけで仕事は山ほど見つかると思っていたのに、現実はそうではなかった。宝くじを買うように、まったく運頼みで応募し、ことごとくはずれた。

二十回ほど失敗を経験して後、ようやく初めての仕事が見つかった。それはものすごく暇な喫茶店のウェイトレスだった。その店の商売はまったく上がったりで、従業員は私一人だけ、客といえば雨宿りや、道を尋ねるため、もしくはセールスのために間違って入って来た人が数人いるだけだった。白状すれば、私の腕前はめちゃくちゃで、ジュースや紅茶の調合の仕方をほとんど知らなかったし、コーヒーもおいしく淹れられなかった。客がいない時は本を読みながら煙草を吸い、ときどき床を掃除したり窓を拭いたりカップを洗ったりした。この間ほんの少し形にならない小説を書いたくらいで、三か月たたないうちに、その店は閉店してしまった。

私は再び仕事を探し始めた。半年でいくつも仕事を替え、そのうちのほとんどの時間は仕事を探していた。手元の預金はいつも千元に満たず、店主から給料を滞納されて全然回収できないこともあった。その期間はすべてウェイトレスと店員をしたが、どの店もいちように商売がうまく行っておらず、いつ潰れてもおかしくない所ばかりだった。正直なところ、そんな店だから私を雇ったのだと思う。それに私もそういう所が好きだった。自由に自分のことをやれて、いちいち誰かに報告する必要がなかったからだ。だが主人は悲惨だった。かつて私を雇った人がこの文章を読むことがないように祈っているが、彼らはきっとまだあの「何もできない役立たずの女の子」を覚えていて、「まさか作家になるとはねえ」「作家なんて家の中にじっと座って何にもできない奴がなるもんだ」と言うかもしれない。でも私一人のせいで彼らが作家に悪い印象を持たないでほしいと切に願う。しかしいつも営業停止や店主が姿をくらますといった類のことに出くわしてしまい、望み通りその店に居続けることができないのだった。

　職探しは本当に容易ではなく、かつこの世には金を騙し取ろうとする人間も実に多かった。ある所などはまだ出勤していないのに保証金、訓練費を要求し、ひどいのになると、事前に納入する諸費用が月給ひと月分より多いこともあった。もし私にそんなにたくさんお金があったら慌てて仕事を探したりするはずがない。貧しすぎて、騙される機会がなかったことは幸いだったというべきか。

　その後、少し多めに稼ぐためにＫＴＶ〔カラオケボックス〕に勤めることに決めた。朝から晩まで家主に家賃を催促されるのにとても耐えられなかったのだ。私はもともとこう考えていた。サービス業なのだからサービスしたい気持ちがあればサービスする相手はきっと見つかるはずだと。しかし思いもよらないことに何軒も応募したのにすべて通知待ちだった。通知待ちはつまり希望なしと同じことだと誰でも知っている。その中のホステスの仕事は絶対に私を採用する見込みがなかった。私は背がすらっと高いわけでもきれいでもなかったからだ。この点、私はほんとに山田詠美に及ばない。長いこと探してようやく一軒の「茶芸ＫＴＶ」が見つかった。そこではウェイトレスはいらなかったので、会計を担当することになった。だがそもそも茶芸KTVとは何か？　最初、お茶を飲みながら歌を歌う所だろうと思っていたのだが、出勤して初めて性風俗店だとわかった。もちろん私がその時社会に出たばかりで世間知らずだったからでもあるが、店の中の作りを見ればすぐに「裏のこと」をやる所だとわかりそうなものだ。一間ずつボックス席に区切られた小さな部屋には確かにテレビやオーディオやマイクがあり、実際に歌を歌うことができたけれども、しかし店の女の子はこう私に言った。「一回十五分なのよ、歌を歌ってる暇がどこにあるの」そのうえ客はみんな一人で来ていたのだから。

私の仕事は会計だった。会計と言っても、客から料金を受け取り、電話を受けるだけのことだったが、客から問い合わせの電話を受けるたびに、警察が探りを入れているものかどうか注意する必要があった。仕事はとても楽だった。客が来ると応対をして、「ロング」にするか「ショート」にするか尋ね、料金を受け取る。それからコンドームを一つ渡して、女の子を選ばせる。だが選ぶと言っても実際には女の子は三人しかいなかったから、あいている子がいたらその子が出て来て、客の手を引いてボックスに入って行く。この時、私は女の子の源氏名を書いた名札を壁の釘に掛けて、その子が今ちょうど忙しいことを示す。私の仕事はこれで終わりだった。他はテレビを見たり、小説を読んだり、音楽を聴いたりできて、とても暇だった。

店の入り口のところに二人の若い青年が立ち、用心棒兼客引きをやっていた。夜通し煙草を吸い、入口附近をぶらぶらして、通り過ぎる人がいると近づいて行って声をかけた。「お兄さん、ちょっとすっきりして行かない？」この台詞は私が想像したものだ。私がいるカウンターからは彼らの会話は聞こえない。でも、私が仕事をしていた間、若い客はめったに見かけず、来るのはほとんどが年寄りだった。だから台詞は当然こう変えるべきだろう、「おじいさん、ちょっとすっきりして行かない?」もちろん本当にこう言ってはいけない。こんな言い方では相手を怒らせてしまう。ともあれ私は彼らの口の形を見てでたらめに想像してみただけだ。この二人は私の所に来て話をしたがり、息のぴったり合ったかけ合い漫才の練習をしたりした。彼らは二人とも兵役に就くのを待っている時で、店の主人と遠い親戚関係にあった。私の出勤が彼らを大いに興奮させたようで、私に台湾語のうまい喋り方を教えてくれたり、質の悪い客の応対の仕方を教えてくれたり、時には店の女の子たちの物語をしてくれることもあった。まるで私が暇すぎてこの仕事をやめてしまうんじゃないかと心配しているみたいだった。彼らはしょっちゅう暇を見つけては中に入って来て私といろんなことを話した。だが実を言うと、うっかり自分の嘘がばれては困るので私はあまり喋らなかった。というのも履歴書に記入した身分、姓名、学歴など全部自分ででっち上げたものだったからだ。

仕事を始めて間もない頃、店の主人が私に、これまでの会計係はみんな小姐《シャオジエ》になっている、君はなかなかかわいいからちょっとやってみないか、と持ちかけて来た。給料は何倍にもなるらしい。「ご親切はありがたいのですが、今のところまだその必要はありませんので」私は言った。決してセックスワークに何か偏見を持っていたからではない。一緒にいる時間は長くはなかったけれども、私は店の女の子たちととても仲良くやっていた。彼女たちは二十数歳から四十過ぎまで、阿英小姐は三歳になる娘を連れて仕事に来ていた。彼女が客とボックスに入る時には、毎回私がその子の世話をしなければならなかったが、私は彼女のことが大好きだった。彼女は私に男の扱い方をたっぷり教えてくれた。おかしなことにここの人たちはみんな私に男の扱い方を教えてくれるのだったが、正直なところ、私にはまったく使い道がなかった。

お金に困ってはいたが、生活費さえ足りていればそれでよかった。会計をやるのがいい、小姐は私にはきっと耐えられないだろうと思った。夜中の仕事なので、朝六時にようやく仕事が終わる。退勤時間が近づく頃には店の用心棒の青年が狗不理湯包〔スープ入り肉まんじゅう〕を買って来てくれたりして、みんないたって親切だったけれど、惜しいことに数日の勤めで、私の不眠症がかなりひどくなってしまった。家に帰りつくのが朝の七時か八時、ちょうどマンションの住民たちが起き出す頃だった。学校や仕事に出かけたり、食事の支度をしたり、ついでに口喧嘩も交じり、うるさくて全然眠れなかったので、いたしかたなく辞職するしかなかった。やめる時、みんなは別れを惜しんでくれて、その二人の男の子はまた狗不理湯包を御馳走してくれた。その後何度か電話があって、店の仲間がみんなでＫＴＶに歌いに行くから私も来ないかと誘ってくれたことがあったが、やめてからは彼らの誰とも会っていない。

また仕事探しが始まった。バイクに乗って大通りや路地をくまなく走っては求人広告に応募し続け、ようやくのことで一軒の会員制の高級ＫＴＶが見つかった。当初私はＤＪとして雇われたのだが、もう一人の男のＤＪが夜食を食べに行こうとか映画を見に行こうとかしつこく誘って来て煩わしかったので、申し出てフロアーのウェイトレスに替えてもらった。応募の時に高等職業学校卒業だと嘘の申告をしたのを、後で副支配人に見破られてしまったが、実は副支配人も大学生で、大学院進学のための資金を貯めるためにここに来ていたのだった。彼はずっと私によくしてくれた。店のウェイトレスの中で背丈が百六十センチに満たなかったのは私だけだったけれど、しばらくすると私のチップがいちばん多くなった。なぜかと言うと私は歌がうまかったからだ。社長は一貫して酒の相手をするホステスを使わず、大物が来店すると、きまって私に接待をさせて一緒に「雪中紅」や「双人枕頭」を歌わせた。入口の所で、酒を飲む必要はなく、ただ一曲歌うだけで千元稼げた。こんなことが一週間に少なくとも一回はあり、そのうえスカートの中にこっそりチップを押し込んでくれることもあった。もともと会社の規定では、客がくれたチップはチップ箱に入れてみんなで公平に分けることになっていたが、私はいつも頭を使ってこっそり隠していた。数か月で何万元も貯めこんだものの、しかし後に「雪中紅」が聞こえて来るだけで吐き気がするようになった。

こうして来る日も来る日も、私は一方で歌を歌い、飲み物を運び、トイレの掃除をし、もう一方では、コンテストに応募する気がまったくなければ読者もいない小説をひたすら書き続けていた。毎日夜中の三時まで働いてバイクで帰宅した。たまに訪ねて来る恋人と、それにいつも私が病気をしていないか心配してくれる友人が一人か二人電話をかけて来る以外は、ほとんど誰ともつき合わないで、昼間はたっぷり睡眠をとってから小説を読み、適当に何か作って食べ、山ほど映画を見て、バイクを乗り回した。恋人も友達も私が選んだ仕事に大いに不満だった。その時の恋人は、人が言うところのなんとか芸術家だったが、「あなたは仕事を始めてからずいぶん変わった」とよく言った。どういう意味？　おそらく私がそういう場所で働くのは非常に「不釣り合い」だと感じたのだろう。このことでたびたび喧嘩をしたので、性格が悪くなったとまで言われてしまった。ばかばかしい！そもそも私には〇〇気質とかいうものはないし、それとＫＴＶと何の関係があるの？「大学を出たのだから少しはいい仕事を見つけられないの?」とみんなは言う。私は大声で言い返したかったが、毎日ひどく疲れていたので人と議論する気力がなかった。大卒のどこがそんなに偉いのかしら。小説を書くのは芸術家で、必ず面倒をみてくれる人がいなければならないのだろうか。もちろん誰かがそう考えて私の面倒をみようと言うなら抵抗はしないけれども、自分の力でお金を稼ぐことのどこが悪いのだろう。私という人間は芸術気質とか文化修養などに関心はなく、他人がどう思おうといっこうに気にならない。ただ顔色が少し蒼白に見えるだけのことだ。

その店は開店したばかりで、休日返上の忙しさだったので、私も当然のことながら家には帰れず両親を心配させた。母は親戚が私のことを尋ねるたびに教師をやっていると嘘をついていた。私は村でたった一人の大学生だったから、村長まで私の将来を気にかけてくれた。誰か仲人をしてくれる人がいると、紹介されるのはきまって教員か公務員か幼稚園の若い経営者の類だった。のちに体の調子が悪くてよく昏倒するようになったのは、おそらく昼間は寝て夜出かけるという昼夜さかさまの生活をし、そのうえコーヒーを飲み煙草を吸い、インスタント麺やビスケットなどをいい加減に食べていたので、栄養不足になったのかもしれない。仕事をやめようと思ったことも少しはあったが、店は人手が足りなかったので、ある時交通事故に遭って足に怪我をするまでがんばって働き続けた。怪我をしてからは長時間立っていられなくなり、やめざるを得なかった。

ウェイトレスや店員はできなくなってしまった。長時間立ち続ける仕事は無理なので、友人の紹介で映画のチケット売りや芸術講演のチケット売りなどをやったが、みんなアルバイト的な性格のものばかりで長くはできず、働く日もあれば仕事がない日もあった。しばらくして足が少しよくなると、再び店員をやり始め、この間には他に「企画デザイン」なども手がけたことがある。だが、しいて言うほどのものではなく、どれもみんなつまらない仕事ばかりだった。こうしてまた半年が過ぎた。

家族がとうとう見かねて私のために仕事を探してくれることになった。父の友人の時計会社で配送員をやり始めたのはこの頃のことだ。実際にはただの運転助手で、一か月に七、八日間、ただ車に乗っていれば一万元もらえたので最高に嬉しかった。当時私は、おそらく現在でもまだそうだろうが、親戚からも両親の友人たちからも怪物扱いされていて、ときどき夜市で両親が服を売るのを手伝ったりしていた。小学校の時から市場や夜市で手伝っていたので、自分一人で手押しの一輪車を押してあちこち呼び売りして回るのはわけのないことだった。だから本当にお金を稼ぎたければ、少し真面目に露店をやってみるのも難しいことではなかった。ただ、正直なところ私は確かに両親が思っているように、お金と仲が悪くて、お金を稼ぐことにちっとも興味がなく、とにかく誰にも頼らずに生きて行けて、少し物を書くことができれば十分だと思っていた。ところがその頃最初の女友達に出会い、彼女は安定した生活を強く望んだ。もうちょっとお金を稼いで私と暮らしたがった。それで私たちは私の両親から商品をまとめて仕入れ、あちこちに露店を出して服を売り始めたのだった。こうして、私は一方で服を売り、一方で配送の仕事もして、二十五歳で最初の小説を出版した。

こんなふうに自分の経歴を語ると、あなたはおそらく私のことを、落ちぶれてみじめな芸術家が、小説を書くために苦労を嘗めつくし、最後までやり遂げてついに日の目を見た部類にはいると思うかもしれない。だがそうではない。私が教師や編集者にならず文化界に入って仕事もしないのは何かの理念を堅持しているからではなくて、ただ合わないと感じるからだ。そのうえ私は自分の小説を書く以外ほとんど他の物が書けなかった。ずいぶん努力したけれども、家は相変わらず貧しく、世間をあっと驚かすような偉大な作品も書いていない。

もうかなり長い間仕事を探していない。新聞を見るたびにまだ無意識に求人欄をめくり、あてもなく各種広告に目を走らせてしまう。そしてそれらの仕事にどんな人が応募し、どんなタイプの人が面接をやっているのだろうかと想像する。自分がかつてやったことのあるあの特異な仕事の数々を思い出してみても、それは広大な世界の中で私が触れたほんの小さな領域にすぎない。ただ物を書くだけでは生活費を賄えないのはわかっているが、ではいったいどんな仕事をしてお金を稼げばいいのだろう。いっそ０２０４小姐〔テレクラ嬢のこと〕でもやってみようか。今はもう服の呼び売りをしなくていいので、私の愛らしく甘い声はきっと色好みの男たちをぞくぞくさせること請け合いだ。

「だから大人になってからもまだ服を売って生活を維持したというのかい？」あなたは私に訊いた。いくら話してもまだ話の筋がはっきりせず、あなたは聞いていてよくわからないふうだった。もしかすると、後半部分は私がただ頭の中で思案をめぐらしていただけで声に出さなかったのかもしれない。その時車は老朽化した駅に入った。「林鳳営駅」、私の大好きな女優の張艾嘉がコマーシャルをしている、あの香りがよくて濃厚で一口飲んでみたくなる生乳の生産地なの？　車はゆっくりと小さなロータリーに入った。中央にはガジュマルの老木が植わり、木の下では男の人が数人でお茶を飲みながら将棋を指している。白い日本式の古い建物で、ほぼ完全な形で保存されていた。「きっとここが気に入ると思うよ」とあなたは言って、車を止め、ライトを消して車を降りた。肩を並べてゆっくりと歩いていると、私の足取りは軽くなった。あなたは本当にいつでも私が何を必要としているかわかっている。なんて素敵な所。階段を数段上って駅のホールに入った。ホールと言っても、とても小さな部屋だった。

中に向かって、左前方に切符売り場と駅長室と改札口があり、右側の待合室には小さい頃によくみかけた木製の長椅子があった。一本一本褐色の長い木材で組み立てた物で、背もたれは頭のあたりで後ろに丸くカーブしている。でも集集のレトロ調の古い駅〔南投県集集鎮にある鉄道駅。一九一九年日本が日月潭の発電所建設のために敷いた鉄道の駅で、今は観光地として賑わっている〕のように観光スポットになっておらず、ここは人家がまばらで、少しうら寂しいくらい静かだった。あなたは、この駅には白い帽子をかぶり制服を着た駅員が一人いるだけだと言った。よく見てみると、ほっそりとした痩せ顔の四十五歳くらいの中年の男性で、日本映画「鉄道員（ぽっぽや）」の中のあの駅長を思い起こさせた。この男の人は、一人で駅長室に駆け込んで電話を受け、切符売り場へ行っておばあさんに切符を売り、それからまた急いで入り口の所に戻って切符を切っていて、出たり入ったりしているのを見ているだけで面白かった。私たちは待合室に腰かけた。壁側にかなり大きな鏡があった。木製の長方形の枠にはめられ、脚の部分にはキャスターがついて移動できるようになっている。小さい頃、列車に乗るたびに私は鏡が見える場所に席を取るのが好きで、鏡を通してまわりの人たちが行き来する姿や、見送りの別れを惜しんでいる場面を観察したものだ。大小の荷物をかかえて帰省する学生、制服姿の兵隊、あちこち走り回る子どもをしきりになだめながら退屈を持て余している夫婦……。

あなたは鏡の中で、また痩せたように見えた。少し見知らぬ顔。出会って以来今日初めてしみじみあなたを見ることができた。この人があの時に出会い私が愛したあの人なのか？　何百という日々が過ぎ去り、愛し合った日々も消えて行った。今、私たちは肩を並べてこの廃棄されかかっている駅に座っている。私は悲しみを感じなかった。本当に大切な人は離れて行くはずがない。私は心の小さな片隅にあなたへの思いをそっとしまっている。それはあなたとも無関係の、私だけの秘密だから、それで私も二度とそれを口にしたりしない。これでいい。この時、静かな待合室には二人だけしかいなかった。私たちは列車に乗ってどこかに行くつもりはなかった。

あたりをぶらぶら見て歩いていると、駅の外に古くて小さな店が二軒あったが、営業していなかった。近所には他にも老朽化した建物が保存されていて、その前をまれに人や車が通り過ぎて行く。煮炊きする煙と食べ物の匂いがして来た。誰かが私たちに挨拶をして、あなたが彼らに頷き、それから私たちは黙って再び車に乗った。

私たちは話をしなくても重苦しさを感じなかった。ときどきあなたはあいた方の手を伸ばして私の手を握り、しっかりと手の平で包み込んだ。話したいことのすべてがこの動作に込められていた。しかし私は聞いてもわからないし、わかってもいけなかった。多くを考えすぎると疲れてしまう。「君が台の上で呼び売りをしている姿、ぜひ見てみたかったなあ」あなたが突然話し始めた。どうしてそんな気になれるのか不思議だった。「髪振り乱してオバサンみたいなのよ、見たって私だとぜったいわからないから」私は答えた。でも知りたいのなら話して聞かせてあげる。

あの噂にまでなり私自身もそれを口にして広めた服を売った経験は、いつのことだったろう。つい七年前のことなのに、はるか遠い昔のような気がする。

彼女と一緒にいた一年目、生活のために、私たちはひと月に十日前後を配送に使い、その他の時間は服を売った。服は両親の所から仕入れたので先に仕入れ代金を準備する必要がなく、売り終わってから彼らに支払いをすればよかった。服を売り始めたばかりの頃、露店を出す固定の場所がなかったので、私たちは夜市、青物市、夕方市にそれぞれ場所を借りた。新人だから、場所は一定せず、人が臨時に来ない時のあいた所を借りていた。最初は市場の外の道路脇に簡単な露店を広げていたが、そこは警察の取り締まりがある所だったので、毎日私たちは市場の中に入って行って、どこか翌日に休む予定の露店がないか、そしてその場所を私たちに貸してもらえないか尋ね歩いた。そこの夕方市は人の流れが非常に多くて、だいたいどの露店も繁盛していたのに、私たちはいつも場所をあちこち変えて固定できなかった。やっとのことで台中市西屯路の夕方市に場所を借りることができた。場所代は一日四百元、午後三時から夕方六時までだった。手に入れるのに大変な思いをしたこの場所は、夕方市の出入り口付近にあった。それまでは飴やビスケットなどを売る露店だったが、店主の家に何か問題が起きたとかで一、二か月の間、しばらく私たちに貸してくれることになったのだ。そこは非常にいい位置にあって、三つの出入り口のうち人の流れが最も多い所だった。その時私は最初の本を出版したばかりで、新聞や雑誌の原稿を依頼され始めた頃でもあった。昼も夜も市場で服を売らねばならなかったので、ときどき原稿の締切日になってもまだ書き上げていないことがあった。本当にせっぱつまった時には、客が比較的少ない合間を縫って市場の向かいの小さな喫茶店に駆け込んで書いた。同時に、向かいに見える自分の露店に客が増えていないか気にかけ、人が多すぎて彼女一人では対応しきれなくなり出すと、ペンを置いて急いで戻って行かねばならなかった。時には書くのに没頭して、ふと顔をあげると露店の周りが水も漏らさぬほどの人であふれているのに気づき、大慌てで喫茶店を飛び出して戻ったこともある。

その出口の場所に飴売りの露店主がそろそろ戻って来る頃、運よく私たちはまた別の場所を見つけた。豚肉を売っている屋台と火鍋〔中国風の寄せ鍋〕の具材を売っている屋台の間にあって、左側で豚肉を売っていたのはまだ初々しいかわいい姉妹だった。彼女たちは包丁を振るって思い切りよく肉をさばき、腕前はきびきびして少しもぞんざいな所がなかった。この豊満な色白の市場美人を見ると、つい彼女たちの店の豚肉をたくさん食べたら美容によさそうな気にさせられたものだ。一方の火鍋の具を売っていた夫婦は一人の幼い女の子を連れていた。彼らは向かいの惣菜屋と激しく売り上げを競っていて、彼らの屋台は小さく、品物の種類も少なく、売れ行きが向かいほどよくなかったために、男はしょっちゅう妻や娘を怒鳴りちらしていた。その時私たちが売ったのは二百九十元のスーツだった。上下物でも三点物でもそのほとんどに帽子、スカーフ、ベルト、小さなリュックなどをおまけにつけ、たくさんついてお買い得、そのうえ安くてきれいだったので、飛ぶように売れた。この場所はもと野菜を売っていた所だったため、四尺幅の平台があり、品物を上に並べて、私がいつも平台の中央に立ち、市場全体に向かって大きな声で呼び売りをした。女の子の両親は私がこんな大きな声を出しているから売れ行きがいいとでも思ったのか、それを真似てみたくても自分には勇気がないので、女の子に丸椅子を道の真ん中に持って行かせて呼び売りをさせようとした。

女の子は嫌がってやろうとせず、母と娘は口喧嘩を始めた。「嫌だ、怖いよう」女の子の丸くて太った姿はとても愛らしかった。「怖いことないから」母親はその子の手を引いて道の方へ連れて行き、押したり引いたりしながら彼女を人ごみの中に立たせた。「一斤五十と言いなさい。一斤五十、高級火鍋の具が一斤五十、これができないの?」母親は声を落としていたが、みんなには聞こえていたと思う。「嫌だよう」まだ小学校に上がる前に見える幼い女の子は、拗ねて言うことを聞かない。「言えといったら言うんだ!」バシッという音がして父親が飛びかかって彼女を殴った。女の子は泣き出してしまった。

少しずつ彼らと親しくなって行ったが、毎日この出し物が繰り返された。殴られたあと女の子は泣きじゃくりながら「火鍋の具、大特価」と書いた宣伝紙を手に提げて、小さな丸椅子の上に立ち、人ごみに向かっていやいや小声で何か叫んでいた。「死にたいのか、もっと大きな声を出せ」少女の父親が傍らで怒鳴りつけた。そう言っている彼自身の声の方がよっぽど大きいのに、なぜ自分でやらないのか?

夕方の、まだ店をたたむには早いが、客足はほとんど途絶えてしまった頃、小さな女の子はよく私の所にやって来てお喋りをした。ある時彼女は私に訊いた。「お姉ちゃんはどうして高い所に立って大きな声で叫ぶことができるの? 私、ものすごく怖い、人に笑われるんじゃないかって」

私は辛抱強く彼女を慰めた。「心配しないで。お姉さんも小さい頃はあなたのように、父さんと母さんから丸椅子の上に立って道を歩く人に向かって大きな声で呼び売りするように言われたのよ。でも怖がることないわ。誰もあなたを笑ったりしない。あなたがこんなに小さいのに、こんなにいい子なのを見たら、みんなあなたのことが好きになって、褒めてくれるわよ。聞き分けがよくて、父さん母さんの商売を手伝うことができて、とてもいい子だって。だから怖がっちゃだめ。毎回こんなにお父さんに叩かれるのもよくないでしょ。どうせ手伝わなきゃならないのなら、ちょっと勇気を持って、思いっきり叫んでごらん、少し大きな声でね。それを聞いたお客さんはきっとあなたの店に買いに来るわよ」

実はこう話している時、私にも確信がなかった。しかしこの後女の子は、これが何かの励ましになったのか、本当に思いっきり大胆に大きな声を出し始めた。通行人はこんなに小さな子どもが呼び売りをしているのを見ると、珍しく思うのか彼らの店の方に寄って来て、だんだん彼らの商売もよくなりだした。女の子の母親は私に感謝したが、父親は横で相変わらずいけ好かない様子で煙草を吸い酒を飲んでいた。実際、市場とはこんなもので、競争は熾烈で、いかに客の注意を惹くことができるかにかかっていた。

彼女と二人で服を売るようになってから、私は再び子ども時代の服を売っていた果てしない日々に戻ったみたいだった。これが私の出身であり、両親が苦労して服を売ったおかげで私は大きくなれた。この時また服を売り彼女とともに未来を過ごそうとしていた。私には最も熟知した、かつ熟練したことのはずだったが、しかしときどきひどく混乱してしまった。もう当時の私ではなくなっていたのに、当時と同じ運命を背負っているかのように、マイクを手に、丸椅子の上に立って、空を見上げては雨が降りはしないか心配し、売れ行きがよければ人に盗まれないかびくびくし、売れ行きが悪ければ嘆いたりため息をついたりした。

長い間、私は彼女と市場を渡り歩いた。その場所の商いがよくないと、すぐにほかの場所に移り、夕方市だけでは足りないので、肉を売る露店が休みになる旧暦の三日と十七日には、その場所を借りて使った。私が小さい頃から両親はこうしていた。私たちがよく知っている市場は豊原の「大市」のほかに、さらに鹿港と東勢の市場があったが、その頃はもっぱら東勢の方に行った。夜市は一週間に数日行っていたが、両親の露店と重なってはいけないので、私たちはいつも台中豊原の新しい場所に露店を広げた。「若いからこんなにがんばれるのだねえ」両親は嬉しそうに夜市の友人に自慢した。彼女は真面目で、私は機転がきいたので、彼女が商品を整理し搬入し店頭に並べるといった責任重大な仕事を受け持ち、私は客の呼び込みや呼び売りを請け負うという具合に、私たちは互いの性格を補い合った絶妙のコンビだった。服は両親の所から仕入れ、当座は原価分の代金を支払わなくてすんだので、お金が儲かるのは目に見えていた。高校に進学してからは家を離れて自分で部屋を借りて住み、大学時代もずっとよそにいたので、冬休みと夏休み、それに年末に帰って手伝うくらいだった。それで服を売ることは遥か遠くの出来事のようになっていたのだが、何年もたってまたこういう生活に戻るとは思ってもみないことだった。やっとのことで大学を卒業したので、両親は初めもっといい仕事につけるだろうと私に期待をかけていた。ところが卒業後にウェイトレスの類の仕事を少ししただけで、一途に小説を書くことばかり考えている。彼らにしてみれば露店で服を売るのはそういい仕事ではなかったが、少なくともお金を稼いで自活はできると思ったようだ。彼らは私の非現実的で、頭の中が空想でいっぱいの性格をことのほか心配していた。夜市の人たちはみんな私を変わった人間だと思い、たびたび私をからかった。「初めっから露店をやるとわかっていて、なんでそんなに上の学校まで行ったの？」母はいつも笑いながら助け舟を出してくれた。「夜市はわりと自由がきくでしょう。うちの子は野生の馬と同じで、会社勤めを嫌ってね、あちこち走り回るのが好きなんですよ」母は友人にこう話していた。

かつて懸命に服を売っていた時代に戻ったみたいだったが、違ったのは、子ども時代の私は空想を頼りにあの苦しい時を過ごしたが、この時の私は商売の合い間や、店をたたんで家に戻る時に、睡眠を削って、小説を書き続けていたことだった。小説の世界に入り込んでは、辛い仕事の後の心身の疲れを癒していた。

ほぼまる一年、私は彼女と服を売り続けた。そして二冊目の本を出版した。自分で考えても不思議な気がするのだが、いったいいつその小説を書いたのだろう？　まさか寝ている間に起き上がりパソコンの所へ這って行って知らないうちに書いたとでも？　それとも私には分身がいて私が服を売っている時に家に駆け戻って書いていたのだろうか？　いやそうではない。毎晩店を閉めてから、どんなに疲れていても、私は自分を強制的にパソコンの前に座らせて小説を書いた。誰も強要したわけではなかったが、もしこうしなければ自分の人生にただお金を稼ぐことだけが残り、服を売買する行為に飲み込まれてしまいそうな気がした。それではすぐにやり続けることができなくなり、逃げ出したくなるだろう。家に帰って来るのはいつも十二時を過ぎていた。まる一日立ちっぱなしなので全身が痛かった。こういう時はテレビを見るかお風呂に入って寝るかすべきで、何をしてもいいけれど、とにかく休むべきだった。でも私は自分に休息を許さず、三十分でも一時間でもいいから書くことにしていた。商売の合い間や客が少ない時、台中豊原の各売り場を行き来する車の中、あるいはぼうっとできる時はいつでも、小説と関係があることを考えるのに使い、家に戻ると急いで書きとめた。実際こういう執筆環境がいいのかどうか、それでどんないい物が書けるのか、私にはわからないが、書けばそれでよかった。まだこうすることができるだけで自分自身のバランスを保つことができた。

何冊も小説を読み、できる限り書いた。不眠症になりやすく、翌朝市場に出かけて商売をしなければならない時は、きまって眠れなくなってしまうので、小さい頃から朝市の商売が嫌だった。しかしあの時はこの眠れない時間を利用して一晩中小説を書いた。それでもまだ時間が足らない気がして、ひたすら書き続けていると、いつの間にか夜が明けていた。あの頃は創作意欲にあふれ、題材が常に尽きないほどあり、ただ完成させるのに十分な時間がないだけのようだった。もちろん、こういうやり方では長く持たないのは目に見えていた。長い間続いた睡眠不足のせいで、気力も体力も大量に使い果たしてしまい、これ以上消耗し続けるのは自殺行為に等しかった。

話がここまで来ると、あなたは私の首に手をまわしてキスをした。

「君の苦労を思うと、胸が痛くなる」あなたの声がずっと遠くに聞こえた。古い夢の中から聞こえて来る囁きのようだ。濃やかなキス、あなたの口の中にほんの数センチ入った私の舌を、あなたは優しく吸っている。それは私のかすかな泣き声、あなたに聞こえただろうか？　すべてが遠くへ去って行き、残ったのはただぼんやりとした痕跡だけだ。それは愛情ではない。私はわかっている。どんなに愛おしく、どんなに離れがたくても、あなたが与えることができるのはまさにこの数センチだ。私の頭ははっきりしていて、うっとりと恋の虜にはなっていない。このキスはただのキスであり、親しい友人同士が出会った時にする抱擁みたいなものだ。でも、あなたは私のただの友達であるはずがない。

私は苦労したとは思っていない。あの徹夜で書いていた日々、熱い感情が湧き起こり抑えきれずに吐き出した文章、未熟な技巧、こなれていない形容、まとまりのないストーリー、幽霊のように現れたり消えたりする人物、これらは多くの読者が恋慕い夢中になった小説に変わり、私の若々しく名状しがたい情欲を書きとめていた。私は、あの何一つ憚ることなく創作に没頭していた私を、心から懐かしく思う。

あの私は、もういない。

車がさらにひっそりとした駅に着いた。すでに夜の九時を回っていた。「抜林駅」、聞いたことがない場所だ。私は少し眠く、話し過ぎて喉が渇いていた。あるいは行くあてのない欲望が私を気弱にさせるのだろうか。あなたはミネラルウオーターの瓶の蓋を開けて私に差し出した。一口たっぷり飲むと、意外に甘い味がした。「降りよう。この場所はもっと面白いよ」とあなたは言った。老けて疲れた顔をしている。これこそ私がいとおしく思うところ、私が好きなのはあなたが見せたがらない自分。

駅にはホールはなくて、簡単な切符売場があるだけだった。長いプラットホーム、たった一人いた駅員もすでに仕事を終えて帰宅していた。薄暗い蛍光灯がトタンの建物をさらにうら寂しく照らし、私たちはプラットホームを通りすぎて粗末な列車待ち用のベンチに腰かけた。

「列車が来てからここを出よう」あなたは言った。

「こんな時間に列車が来るの?」私は尋ねたが、本当はどうでもよかった。私たちは列車に乗ろうとしているのではなく、待っているだけだった。何を待っているのかはわからなかったけれども。

あなたの肩に寄りかかりながら、言葉が出て来なかった。話したくなかった。あなたの体の匂いにはなじみがなく、それはもう私とは関係のないものになっていた。なのにその匂いは途切れず私の鼻の中に入って来る。蚊が数匹飛んでいて、あなたは私のまわりで手を動かして蚊を追い払ってくれていた。

「自分を大切にするんだよ。前よりまた痩せたじゃないか」あなたは私の手を撫でた。相変わらず柔らかくてすべすべした大きな手で、以前あなたがくれた銀のブレスレットのように、私の細くて痩せた腕を握った。別れた時私はそのブレスレットを右手にしていた。今あなたが握っている所だ。あなたを愛している限りはずすまいと心で誓ったのに、三日目にはずしてしまった。小さな箱の中にいれてセロテープで封をして、それ以降一度も取り出したことはなかった。

私は最後まで持ちこたえるタイプの人間ではない。

何もかもが、ぼんやりとして、遠くに去って行き、粉々になった。あなたはそれでも温かくて善良な人だが、しかしもう私の世界から出て行った人だ。あなたは私が封をしたあの箱の中にいて、まるで魔法のランプの中の巨人のように、私が口を開いて助けてと叫べばすぐに姿を現し、私に想像以上の援助の手を差し伸べてくれるだろう。しかしそれは愛情ではない。友情でもない。それは、私がどう受け止めたらいいのかわからない、尽きることのない善意だ。

遠くで灯りが光り、車輪が線路を走る時に出る轟音が聞こえて来た。「列車が来た」あなたは突然嬉しそうに私を抱き寄せた。

ぐるぐる、ぐるぐる回っている。暗闇の中を、蚊がたくさん飛び回っている。列車がだんだん近づいて来て、明るく透けて見える車内に北の方から来た乗客が見えた。列車は速度を徐々に緩め、私たちの前で停まった。

あなたはしきりに手を振って、「すみません、私たち乗らないんです、ありがとう」あなたは車掌に向かって大きな声で言った。その時、私はまだぐるぐる回っていた。私の体はあなたの胸の中で静止していたけれども、やはりまだぐるぐる飛び続けていた。

列車がまた動き出し、しだいに遠ざかって行った。そして、ずっと遠くの方で、列車の後尾の灯りが微かに弱くなり、さらに弱くなって、消えて行った。

「列車が本当に来た」あなたはまだこう言っていた。

私はそれが本当だったことを知っている。

その五　雲のユニコーン

年に必ず何度か、少女は弟と妹を連れてバスに乗り台中の母の所に行った。電話で母は少女にバスの乗り方や、乗り換えの仕方、どの通りの入り口で待っているかなど細かく言って聞かせた。複雑で込み入った乗り換えをして、道を探し、人に尋ねてやっとの思いで母の住んでいる所にたどり着くことができた。だが、ようやく行き方を飲みこんでも、次の時には母はもう引っ越していた。その数年、母は頻繁に引っ越しをした。そこが高級マンションのこともあれば、古いアパートのこともあった。時にはうら寂しい旅館だったり、けばけばしいホテルだったりした。固定のルームメートは三人の若いおばさんで、他の人は出入りがあって決まっていなかった。少女は母が一体どんな仕事をしているのか知らなかった。母は台中のどこかの部屋に姿を見せることもあれば、彼女たちが服を売っている露店に現れることもあり、見る場所によって母の髪型や服装も違った。おかしいのは父が一度も彼女たちと一緒に台中に行かなかったことだ。まるで二つに切り離されて、それぞれが独立して並んでいる時空のようだった。母は夜市や市場の露店に姿を見せ、店舗を構えてからもやって来たが、きまってシンプルで質素な服装をして、働き者らしい格好をしていた。病気でない時は力があふれるようだったが、病気の時はけだるそうに隅で横になって煙草を吸い、どこかよその露店の女主人に似ていた。ただ母の方が少しきれいで、ずっと魅力的だったけれども。ところが台中の母が住んでいる所では、彼女はテレビにでも出て来る女性スターみたいだった。パーマをかけ、ふわりとウエーブのかかった長い髪は、時には赤褐色だったり、金色だったりした。流行のきれいな服を着て、顔にファンデーションやアイシャドウや口紅を塗り、ハイヒールを履いていて、艶やかで美しかった。お金がある時、母は気前がよくて、三人の子どもに王子様やお姫様のような身なりをさせ、後に龍心百貨店という名前に変わった北屋百貨店に連れて行って洋服を買ってくれたり、その後何度も失火した遠東百貨店で香港式飲茶《ヤムチャ》を食べさせてくれたりした。今ではもうなくなった南夜や聯美ミュージックホールに鳳飛飛、高凌風、許不了のショーを見に連れて行ってもらったことも、百楽門の西洋レストランでステーキやバナナボートやフルーツパフェを食べたこともあった。ところがたまに病気になると、精根尽きはてた姿で部屋の中にいて、路地の入り口で売っている弁当を買って食べさせて、うち沈んだ様子で数日外に出ないこともあった。

母のルームメートはみんな二十歳前後の美人ぞろいで、人をどきりとさせるくらいつやっぽくきれいだったが、中身の方は恐ろしいほどからっぽの女の子たちだった。母はその中で年齢が一番上だったので、姉のように慕われていた。出かけない時、彼女たちはよく応接間でマージャンをした。彼女たちは弟をたいへんかわいがった。その当時の弟はとてもかわいくて、彼女たちはいつも弟を抱きしめたり抱っこしたりした。妹も大変いい子で、そばでおとなしく本を読んだりテレビを見て過ごしたりすることもあれば、彼女たちとお喋りをしたり、時には部屋の片づけを手伝ったりすることもあった。少女は何をしていたのか？　記憶は奇妙にも空白だった。この部分の生活に関しては、印象ははっきりしているのに現実味がなく、隠れた片隅に置かれたまま自分でも忘れてしまったようだった。母が戻って来てから後、家族全員がこの時期の過去については口を閉ざして語らなかった。

母に会うたびに、違う姿に見えて、目の前の母が容貌と服装を取り換えると、少女の心も記憶を取り換えていた。彼女は自分には二人の母がいて、一人はずっと夜市で懸命に働いて服を売っており、もう一人はあちこちいろいろな家を転々として、少女が想像で作り上げた神秘的な人物のようだった。

父は誰もが口をそろえて言う善人で、寡黙で、勤勉に家を守り、苦労に耐え、その印象は誰も壊せないほど堅固なものだったので、少女自身それが本当だと信じてしまいそうだった。こうも言えるだろう。母と同じように、父ももう一つ別の、他人には見えない顔を持っているのだと。

彼女自身の体の中にもきっとこのような血が遺伝したに違いなかった。少女は何遍もこう推量したので、自分が分裂して違う二つの姿になり、違う時空で生活しているのが見えたほどだった。あるいは世界というものは実際にはまさにこういうもので、二つ三つあるいはもっとたくさんの時空が同時に存在しているのかもしれない。一部の人は幸運なことに一つの世界しか見えず、一つの世界で生活していたが、ところが彼女はその間を行ったり来たりしていた。なぜなら二つの異なる世界が同時に並行して存在するのを見てしまい、彼女が目の前のこの承認された現実の世界で生活することを荒唐無稽なものに変えてしまったからだった。

ときどき彼女は自分が狂ってしまったと思った。

はっきりさせられない事情、口に出せない困惑、少女は自分の幻想の中に潜り込んでそのときどきの混乱した時間を過ごした。

少女は夜中に目を覚ました。床まで届く幅の広い窓から仄明るい光が差し込んでいる。ぼんやり明るい月の光だろうか、それとも街灯だろうか？　きらきらぴかぴか光る何者かが彼女の体を撫でたような気がした。きっと悪夢を見たのだろう。だが目が覚めるとあちこち衣服がはだけていた。少女は途方に暮れ、恐ろしくて、目を閉じて眠り続けようと思った。心で子守唄を歌いながら、いつも弟に聞かせているように、頭を揺らしながら、自分をもう一つの夢の中に連れて行きたかった。眠りを誘いながら、歌声であるいは昔話で、気持ちを揺り動かしながら一つの恍惚とした時空に誘いたかった。眠りなさい、夢の中では、ゆったりと落ちついた気分になれるから。

かすかにあの両手の感触を覚えていた。それは人間の手ではなく爬虫類の足の爪に似て、冷たくてべたりとしていた。固くて太い刺がいっぱい生えていて、少女の皮膚をこすり引っ掻いた。指先の皺は指紋ではなくて、非常に小さな刃のようだった。一筆一画彼女の体を彫り刻み、浅い傷跡をつけたが、血は滲み出て来なかった。ただ記号を刻んでいるだけで、翌日、目が覚めると傷痕は消えていた。無数の夜、少女は彼女の姿を捻じ曲げようとする数えきれないほどの足の爪につかまった。その傷は夢の中に深く入り、皮膚と肉を突き抜けて、彼女の骨の上に残り、少しずつ、しだいしだいに、彼女の意識を変え、彼女を変形させていた。一晩また一晩が過ぎ、体はまだ人の形をした皮をかぶっていたけれども、彼女はもう固い刺と水かきを生やした爬虫類に変わっているのかもしれなかった。

夢の中に入って行くことも、元の夢に戻ることもできなかった。少女は手探りでベッドから起きた。周囲はしんと静まりかえり、彼女は部屋の真ん中に立った。床はひんやり冷たかった。振り返って、大きなベッドの上の父、弟、妹を見た。死んだように熟睡している。少女は頭の中で歌を歌いながら、無声のリズムに合わせて体をくるりと回した。だんだん速く回り、白い寝間着がはだけて、清浄な体があらわになった。そこにはぼんやり指の跡が残っていた。何かの匂いが胸元に堆積し、喘ぎもまだあちこちに残っているようだった。体は痛くて熱かった。少女は浴室に入り、ざっと顔を洗うと、呼吸が荒くなり、心臓がどきどきして、目が潤み、喉が腫れているのを感じた。誰かが彼女の名前を大きな声で呼んでいるようだ。声はますます大きくなり、ますますはっきりして来た。彼女は耳を覆い、体を揺らしながら、ゆっくりと、壁の鉄パイプにかかっているタオルを取り、それで自分の首を絞めた。何回も巻きつけて、きつく締め、結び目を作り、それから両手に力を込めた。しだいに息ができなくなり、少女はよろよろと床に手をついてまっすぐ横たわると、目を閉じて、静かに待った。

首に巻かれたタオルが徐々にゆるみ、それから首の両側に落ちた。少女はふうっと大きなため息をついた。だが、もう一度締める力は残っていなかった。

少女は母の住まいにいた。ここで夜を過ごすのはめったにないことだったので、みんなは夜中まで騒いでようやく眠りについた。一晩中人々はマージャンをして、客はひっきりなしに出たり入ったりした。クーラーをつけて窓を閉め切っていたので、部屋の中はいろいろな匂いが充満していた。たちこめる煙草の匂い、あたりに漂う酒の匂い、女の体から出る香水や化粧の匂い、男が檳榔を噛んで吐き出す生臭い甘みと体の汗の匂い、それに葱爆牛肉〔牛肉のねぎ炒め〕、辣子雞丁〔鶏肉の唐辛子炒め〕、鹹酥蝦〔海老のから揚げの葱にんにく炒め〕、滷牛肚豆乾海帯〔牛の胃袋・干し豆・昆布の煮込み〕、落花生の殻など、テーブルいっぱいの食べ物が、一皿ならよい香りがするけれども全部合わさって変な匂いを発していた。少女は防ぎようのないいろいろな匂いの中でぼんやり座っていた。テレビは夜じゅうつけっぱなしで、ボリュームを大きくしていたので、部屋の中で談笑する人の声もいっそう大きくなった。なんて騒がしいのだろう。だが弟はこんな騒音の中でもソファーの上で眠っていた。妹は一人でトランプをめくって占いをしている。それはおばさんの一人が彼女に教えたものだった。少女は両目を凝らしてテレビを見つめていたが、実際にはまわりの人たちをこっそり観察していた。彼らのどこにこんなにたくさんの精力があって一晩じゅう騒ぐことができるのか不思議でならなかった。

　ようやくおばさんやおじさんたちがそれぞれ自分の部屋に寝に行った。客がみんな引き上げた頃、弟と妹はベッドで枕によだれを垂らして眠りこけていた。母は体を洗い化粧を落としてベッドに横になるとすぐにぐっすり眠ってしまった。少女はまだ目を覚ましていた。しかし誰もそれに気づかない。彼女は寝たふりをするのが得意なのだ。母のそばに眠り、大きくて柔らかいベッドの上で、左から弟、少女、母、妹の四人がくっつき合うように寝ていた。もちろん父はいない。彼はこのような場面に現れたことはない。

　彼らはみんなすーすーと小さないびきをかいていた。きっととても疲れているのだろう。弟と妹はかなり早く床に就いたが、母が部屋に入って来たのは朝の五時を過ぎた頃だった。少女は母のネグリジェを撫でた。オフホワイトの絹のガウンに、内側は同じ素材でレースと二本の細長い肩紐のついた、胸が広く開いたネグリジェだった。母の体は柔らかくてふっくらみずみずしく、化粧を落とした皮膚はなめらかで弱々しかった。鼻筋と両頬にそばかすがたくさんあって、目尻と額にはうっすらと皺が見えた。少女は目の前のこの女の人を凝視した。これが彼女の母なのだ。着物を脱ぐとまるで一枚脱皮したかのようだ。今ここに横になっているのはどの母だろう？　少女はびくびくしながら触れてみた。どうしたら彼女が何者か確かめられるのかしら？　劇が終わり舞台から降りるとすぐに命がなくなる人形かもしれない、少女は指を伸ばして母の鼻の下にかざしてみた。むらのない鼻息が少女の指に吹いてきた。まだ生きている、大丈夫、生き生きした、本物の女の人だ。これが彼女の母だ。絶対に間違いない。

少女が頭を母の胸の前に寄せると、柔らかい乳房に当たった。小さかった頃に母が言ったことを思い出した。少女は早産で、出産予定日ではなかったのに、その日は下腹部が膨らんで痛むので、病院に検査をしに行ったところ、何が何だかわからないうちに彼女が産まれたのだと言う。母はいつも生き生きと真に迫った話をした。「あんたはすんでのところでゴミ箱に捨てられるところだったのよ」母が言うには彼女は月足らずで生まれたので、病院側は保育器に入れるように勧めたが、祖父と祖母がお金を出し惜しみしてどうしても同意せず、「あんたはもう少しで死んでしまうところだった」のだそうだ。外祖父と外祖母がお金を出してくれたおかげで彼女はひと月あまり保育器に入り、たくさんお金を使ったと言う。妊娠中もひどいつわり、過敏症、全身のむくみで母をひどく苦しめたらしい。「皮膚がパンパンに膨れて、破裂するんじゃないかと心配したわ」母は自分の太ももを手ぶりで示しながら、「足が二倍の太さになった」と言った。腹と足に黒ずんだ濃淡の妊娠線が残り、辛かった妊娠中の出来事を母はまだありありと目に浮かべることができた。「不思議なことにあんたを妊娠した時は特に苦しかった。弟や妹はそうではなかったのにねえ。あんたは赤ん坊の時も育てにくくて、体は弱いし、よく泣くし、一晩じゅう誰かが抱っこしていないと静かにならなかった」

それらの出来事に少女自身が関わるには小さすぎたが、みんなは彼女が幼い頃運気が強かったと言った。体は弱く、よく泣いてうるさかったけれども、人にかわいがられ、すぐに言葉を覚え、口は蜜のように甘く、かしこくて器用で、誰からも愛されたと言う。最初の子どもで、大金をかけて小さな命を取り戻したので、若い夫婦は彼女を毎日胸に抱いて目に入れても痛くないほどのかわいがりようだった。

彼女が記憶に留めておくには早すぎたこれらの幸福がなぜ永遠に過去のものになってしまったのだろう。少女は両手をそっと優しく母の胸の前に滑らせた。もしずっとここに寝ていられたらどんなにいいかしら。そうしたら夜の妖怪が彼女をさらって行ったりしないのに。神秘的で、脆くて、美しくて、悲しい母。少女がまだよく知らない女の人。もしネグリジェの胸元から二つの乳房の中にもぐりこめたら、母の核心に触れることができるだろうか？　そこにどんな秘密が隠されているのか少女はとても知りたかった。すべての曲折がそこに隠されているのだろうか？

夜が明けると少女は帰らねばならなかった。弟と妹をそこに残して夏休みを過ごさせ、自分は戻って夜市に行き商売の手伝いをしなければならない。本当は彼女もどんなにそのまま残っていたかったことか。騒がしくてごちゃごちゃした所で、いつも変な人が出入りして彼女を怖がらせたけれども、それでも、家に帰るよりはましだった。

家、どの家も、彼女にはあまりにも遠く、どれも地獄で、そのうえ持ち歩きができるものだった。

一人暮らしをするようになってから、節約のために毎日自分で麺を煮て食べた。実はちゃんとしたおかずが作れなくて、麺に青菜と卵を加えれば出来上がりだった。ときどき骨付き肉を買ったり、海老を買ったりしておかずを足した。マンションの部屋には換気扇がなく、クッキングヒーターでお湯を沸かし麺を煮るくらいが汚れず手軽だった。

冷蔵庫が空になると、ビルの裏手の二本ばかり路地を越えた所にある夕方市に買い物に出かけた。市場は午後三時か四時にようやく始まった。入口の所にはビーフンスープ、牡蠣入りそうめん、臭豆腐（独特の発酵させた汁に漬け込んだ豆腐を揚げた物）を売る屋台があり、そこからさまざまな食べ物屋や肉屋などの露店が狭い路地いっぱいに、数百メートルにわたって伸びていた。最初の頃、私は市場になかなか入れなかった。まだ残っている昔の記憶のせいで市場の匂いや音が怖かったのだ。しかしこの時期、勤めにも出ず外出もせず、昼間は物を書き、夜は本を読む生活をしていたので、まるまる一週間ビルから出ないこともあった。あまり長く外出しないとだんだん人とのつき合いができなくなりそうで不安だったので、自分を鍛えるために三日おきに市場に足を運んだ。何度かやってみると、意外にも市場の賑わいと匂いが怖くなくなり、反対に私の孤独な生活の中で外に繋がる重要な出口になっていた。

夕暮れ時、住んでいる超高層ビルを出て、五分ほど歩くと市場の入口に到着する。ビーフンスープを売っている小さな屋台はいつも客が大勢来ている。揚げ豆腐を浮かべたビーフンスープが大鍋の中で沸騰し、いい香りが漂い、そこを通り過ぎるたびに無性に中に入って一杯食べてみたくなるが、やはり立ち止まるのをぐっと我慢する。

左に曲がり、狭い道を進み、まずはぶらぶら見て回って、何を買わねばならないかリストアップする。一本百元の蜂蜜ケーキ、チーズケーキ、スイスロールが私の目を惹くけれど、足早に通り過ぎる。豚肉屋の露店では何列も吊り下げられている三層肉や骨付き肉の前にもう三人の客が待っている。でも私は肉を買わないので素通りする。各種野菜や果物の露店は、先にどの露店の野菜や果物がより新鮮かを覚えておいてから、やはり通り過ぎ、前へ進む。最初に私の財布からお金を取り出させるのは市場の中ほどにある手作り麺を売っている店だ。麺を買うのに三軒比べるまでもなく、私は迷いなしにこの露店に決めていた。二人の二十歳前後の若い男の子が、おそらく兄弟だろう、手をいつも小麦粉だらけにして、客にそれぞれの麺の違いを詳しく説明していた。陽春麵〔具なしスープ麺の総称だが、ここでは一般のうどん麺を指す〕、刀削麵〔生地を麺状に削り落とした麺〕、意麵〔水の代わりに卵を使ったやや黄色をおびた細麺〕、拉麵など、太い麺に細い麺、欲しい麺は何でもあり、さらに餃子の皮もあった。彼らは小さな貨物用の車の荷台部分を売り場にしていて、一斤の新鮮でおいしい麺が台湾元でたったの二十数元、私はそれを何回にも分けて食べることができた。ときどきそこで彼らが働いているのを見ていると、商売はたいへん好調で、買いに来るのはみな常連客ばかりだった。てきぱきと麺を一人分の量にくるりと巻いて小分けし、それらをぽんぽんとビニール袋に入れていたが、一袋の分量は多くも少なくもなくぴったり一斤だった。さらに甜麵醬、豆板醬、胡麻醬、油葱酥〔フライドエシャロット。赤葱を揚げた香り調味料〕も売っていて、どれも自家製で、プラスチックの小さな丸い容器に入っており、冷凍保存ができた。

この勤勉で物静かな二人の青年は、自力でこの商売を始めたのだろうが、腕前は外省人〔戦後に中国大陸から台湾に移ってきた人〕の父親から伝わったものなのか、それとも外で学んで来たものなのかわからない。顔にいつも小麦粉をつけて少し白くなっていたけれど、見ればもともと色白の上品な顔つきをした好青年で、しばしば親しげに私に話しかけて来た。

麺を買ってから青菜の露店を回るのが一つの大きな試練だ。私は野菜の種類を見分けることができない。一番よく知っているのは白菜とキャベツだが、それらは目方が多すぎて私には合わないので、空心菜とチンゲン菜を一束ずつ買った。形がかわいいミニキャベツはスープにしてもボイルしてもおいしい。十個入れて量ってもらうと二十元だったのでまるで宝物を拾った気分になる。前に見つけたレタスは食感がよかったので、これも一つ買った。新生姜を一かけ入れて、さらに生姜の千切りを加えるとどんな青菜スープもぐっとおいしくなる。これは私個人の好みだ。他の野菜では、じゃがいも、小さなキュウリ、ニンジン、トマト、インゲン豆の類を売っていたが、私はキュウリだけにした。五本でわずか十五元。薄く切って、こんがり焼いた全粒粉のパンにはさみ、これにホットココアをつければ、一回分の朝食になる。

魚介類を売っている露店の前を通り過ぎる時、私はつい足早になってしまう。せいぜい何匹か新鮮な生きたエビを買うくらいで、ほかは見るだけでも怖い。

小道に沿って先へ歩いて行くと、青菜はますます安くなり、入口付近で一束十五元だったのが、奥の方に来ると十元で売っている。場所が違い、露店の構えも大小さまざまなので、商売をうまくやるために、奥まった所にある露店は価格を抑えて売っているのだ。もし気長に店じまいする七時頃まで待てば、二束十元でいい青菜が買えるはずだ。そこに、自転車を押し、竹で編んだ野菜籠を後ろの荷台に積んで商売をしているおばあさんがいた。彼女の野菜はみな小ぶりだったが、自家菜園で採れた物で、農薬を使っていなかった。そのため見た目はやや落ち、葉にはたいてい小さな虫食い穴があって、一束は持ってみるとよその半分の重さしかなかったが、それでも私はこの露店が気に入っていた。紫茎の九層塔〔葉の小さいバジル〕が買えたし、小指より小さい赤くてつやのある朝天椒〔四川唐辛子〕は涙が出るほど辛かった。それに彼女のブロッコリーは緑が濃くて、歯ごたえがよく、他より安かった。残念ながらここでは品物がわかる人は少なくて、彼女の商売はうまく行っておらず、いつも適当に売っていた。「お嬢さん、あれは一盛り十元でいいよ」私一人では食べきれないので、半分もらい、それでも十元払った。

鹹水雞〔鶏肉の塩ゆで〕やガチョウの燻製を売っている店、手作り餃子やワンタンを売っている店、山東蒸しパンや筍入り肉まんや餡まんを売っている店、各種調理ずみの食品を売っている店など、ぶらぶらしているとだんだんお腹がすいて来たので、できたての筍入り肉まん五個をたったの四十元で買い、アツアツをほおばった。大小の包みを提げ、肉まんを食べながら、足の歩みは止めずに、家に向かっていると、前方に人だかりが見え、何かを取り囲んでいた。近づいてみると、それは貴婦人ブランドのミキサー調理器の宣伝だった。下顎に小さなマイクをつけた男の人が手品のように、あっという間に果物ジュース、野菜ジュース、豆乳を作り、ひいては甘蔗の汁をしぼったり、ゴマ入り餅まで作って見せた。喋る台詞に一分の隙もなく、聞いていると私も一台買って家でちょっと使ってみたくなった。

午後長々と降り続いていた雨が止んだばかりだ。通りは少し湿っぽい。ようやく市場を歩き終わり買うべき物はみんな買った。左手に麺と野菜を下げ、右手に筍入り肉まんと雑穀蒸しパンとリンゴを提げて、のんびりと家に帰った。こうして市場をぶらつくのはやはりちょっと疲れる。しばらくしたら麺を煮て夕食を作らなければならないし、食後は引き続き今日まだ終わっていない小説を書かねばならない。

パソコンを開けるとあなたからメールが届いていた。返信に今日野菜を買いに行ったことを細かく書いた。この部屋は今私一人だけになっている。朝から書き始めて、うまく進まない時は、床を拭いたり、テーブルを拭いたりして、もう十分に片づいてきれいになっている部屋をなおも気にして掃除をする。あなたの文章を読んで、あなたがメールを書いている姿を想像した。たぶん膝の上では猫が喉をごろごろ鳴らして眠っているのだろう。一人の生活が私には有益なのだとわかっている。ずっと騒々しかった頭の中がようやく静かになって来た。私も猫を飼うべきかもしれない。

そして、猫のようなあなたが私の生活の中に飛び込んで来た。

あなたが訪れるのを待ちながら、窓の外を眺めている。薄暗くぼうっと湿った空は向こうがはっきり見えない。車のタイヤが次々に水しぶきを跳ね上げる音がしきりに聞こえて来る。丸一日キーを叩いて小説を書いていると、ときどき外の世界がどんなだったか忘れてしまいそうになる。何も書けない時には、たくさん音楽を聴くか、頭をからっぽにして、窓の外の高圧電線を見つめる。一本一本じっと目を凝らして、目が痛くてかすんで来るまで、視線が定まらなくなるまで、見つめ続ける。

　昨晩あなたが来た。ベッドのあちこちにあなたの髪の毛が落ちている。私はそれを一本一本拾って、髪の毛を握ったままベッドにうつむきに倒れ、身を縮める。なんだかまだあなたが私の中にいるような気がして来る。あなたはそこで相変わらず体を動かし、目は炎のように燃えている。なぜあなたに出会えたのだろう。理由が思いつかない。こうしてじっと動かないでいるのも、いいものだ。あなたの目の中に小さな火の光が跳ね、私はそのきらきら輝く光に沿って幻の境地に入って行く。私をどこに連れて行くの？　それは私が到達したことのない、あなたの指が触れている、そこなのだろうか？　そこには私自身も知らない何かがあるのだろうか？　私は尋ねず、あなたは答えない。だからこうして、私はただあなたと一緒に酔いしれることだけを考える。

「一階に着いたわよ」電話の中のあなたがこう言った。時間を計算しながら想像する。管理人があなたのためにカードを通し、あなたは入り口を通り抜けてエレベーターを待つ。それから十四階まで上って来る。この一、二分の時間がまるで一世紀のように長い。私はドアを開け顔を出して外を窺い、エレベーターが上がって来るのを待つ。チン、エレベーターのドアが開いた。あなたが花束を抱いてエレベーターから出るのが見えた。心臓がどきどきし始め、力いっぱい深呼吸を三回して、自分を落ちつかせようとする。どうしよう。トントントン、あなたの足音それとも私の心臓の音？あなたは道を歩く時いつも頭を右に傾ける。右側の長いおかっぱの髪が歩みに合わせて揺れ、顔を見え隠れさせる。あなたが来た。十歩あまりの距離の通路に雲がたくさん浮かんでいるみたいに、あなたの歩みはふんわり軽く漂うようで、今にもあなたの体の匂いが伝わって来そうだ。薔薇の香りに、若々しい汗が混じった、甘く生臭い芳香は、あどけなさと悲しみ、優しさと野性的な激しさが入り交じるあなたの顔に似ている。足の間が痙攣するなんてどうしたのだろう？　めまいがして、慌てて部屋の中に体を戻した。靴箱の前でスリッパに足をとられ、不思議なことに全身身動きができなくなり、ドアの前に釘付けになった。それからあなたがドアを開けて入って来て背後から私をきつく抱きしめた。なんて臆病なの。世の中の人間を知り尽くしているはずの私が、なぜこの時恥ずかしがったりするのだろう、なぜある人に対して全身が痛くなるほど欲望するのだろう。始まったばかりなのにすっかり取り乱してしまい、あなたが本当に私の方にやって来たのが信じられなかった。

夜中かもしれないし、明け方かもしれない、あなたの青白い顔に赤みがさし、頬にかかった長いおかっぱの髪が右目を覆っている。私はいつも手を伸ばして髪をかき分けその隠れた目が見たくなる。両手であなたの豊かな黒髪をかき回し、口を開けてあなたの金色の毛先を含み、ずうっとあなたを見続ける。小さな鼻が顔のまん中で一本の分岐線を描き、両の頬には淡いそばかすがいっぱい散っている。左の目は明るく澄みきっているが、右の目は悲しげで神秘的だ。ほほ笑んでいる時はいたずらっぽくてよく動くけれど、眉根を寄せて目を細めている時は私の胸が張り裂けそうなくらい悲しい目をしている。ときどきあなたは急に乱暴になり、野獣のように私を引きちぎり、噛み、指を早く動かして私を突き通し引き裂こうとする。その時のあなたは底しれないほどのめりこんだ表情をして、潤んだ目の中にたくさんの炎がめらめらと燃えている。あなたを凝視するといつも、幾つもの違う顔が目の前でぐるぐる回っているように見えた。いったいどれがあなたなの？　瞬きをして脳内のシャッターを押しあなたのどんな表情も捉えようとする。あなたの顔を両手で挟んで数えきれないほどキスをする。あなたは紙の船に乗って、河の向こう岸からゆらゆら揺られながらやって来た……誰が紙の船を折ってあなたを送り届けてくれたのだろう。私の女の子。私はすっかりあなたのとりこになってしまった。

「またへらへら笑ってる」あなたは私の髪を撫でながら、ばかだねと笑う。しかたないのよ、このしまりのない笑いは止めようがなくて、思わず微笑んでしまう。でもあなたは違っていて、時間に心を持って行かれたようなとりつかれた表情をしている。

とうとう一緒になれた。

とても長い間待っていたような気がするが、それはきっと錯覚だ。私たちは知り合ってどれくらいになるかしら？「もうずいぶんになるわ」とあなたは言った。まるでずっと前からあなたはそこで待っていて、私が角を曲るときにようやくあなたを発見したかのように。

あなたなのね、私は自分に問いかけた。あなたなのね、あなたは私に問いかけた。

始まってすぐに私たちは知った。私たちは出会いそれから恋愛をする、これは拒否しようがないこと、拒否しても、逃げられないということを。

あなたは私の体の上の傷跡を撫でた。深い傷、浅い傷、大小さまざまな傷跡が全部で何か所もあった。まだ痛みが残っているように、あなたは優しく傷跡にキスをした。

あなたが私に出会う前、私はもうあなたに出会っていた
そして、起こったすべてのことは拒否することも避けることもできないものだった
あなたが私のぽっかり開いた穴に出会う前、私はもうあなたの裂け目に出会っていた

あなたは手紙にこう書いた。これは他人には説明のしようがないことだ。初めてあなたに会ったのは、あのレストランだった。あなたは静かに片隅に座っていた。同じテーブルには四人がお喋りをしていて、まわりには大勢の客がいたのに、そこには私とあなたしかいないような気がした。あの日、一体何を話したのか覚えていない。あなたは私を見つめもせず、私も視線をそらしてあなたの方を見ないようにした。あなたと私の間に何かあるのがわかった。はっきりしていたが、私たちはじっと何もしなかった。世界に私とあなただけがいる、その後何度か会うたびに、いつもこの幻影が現われた。あなたがいると、ほかの人がぼやけてしまう。私は自分を落ちつかせてあなたを見つめないよう、あなたとばかり話さないようにしてみたし、自分の感情をあまりはっきり見せないように努めてみた。しかし無駄だった。たとえ私があなたを見なくてもあなたは私の視線や頭の中に現われ、私を独占した。

あの日、食事がすむとあなたは私のお供をして地下鉄に乗った。初対面だったので実はあなたの名前さえちゃんと聞いていなかった。プラットホームで電車待ちをしている間、あなたはゆっくりと家の職業のことを話し始めた。小さい頃から夜市の軽食屋の家族の中で育ったこと、父親が亡くなった後、お嬢さん育ちだった母親がどうやって店を継ぎ商売のやり方を学んでいったかなど。

淡々とした言葉で語っていたが、私が実際には見ていないこれらの生活をあなたがどのように過ごして来たか見えた気がした。そしてその小さな通りに幼い女の子が住んでいて、私の遥か昔の記憶と繋がって行くのが見えるような気がした。

あなたに私の悲しみが見え、私にあなたの悲しみが見える。悲しみは深く完璧に隠されていたので、誰にも見つかるはずがないと思っていたのに、私たちが向かい合うと、やはり絶え間なく流れ出て来る。

あなたにときどき手紙を書いた。一人で創作生活を送る中で起こるちょっとした出来事を安心して書き記しメールで送った。あなたならわかってくれると信じていたが、自分が何を求めているのかわからなくて、あなたに物乞いをするように何かを求めることはなかった。ただあなたがそこにいて、私の気持ちを独り占めしていることだけわかっていた。あなたが返事をくれるたびに何度も読み返した。私たちは何一つはっきり話さないで、ただ静かにその日が来るのを待った。私たちの生命は互いに繋がっている、これは誰にも変えられないことだった。

あの晩レストランにいた時、あなたがわざわざ私に会うために来たことも、それになぜ私に会うかどうか決めかねていたのかも知らなかった。私の方は、あなたの部屋に押しかけて行ったら、追い払われるのではないかと心配していたというのに。何か私の知らない抵抗のようなもののために、私たちは互いに惹かれながらもどう向き合うべきかわからずにいた。

あなたはあせってビールを立て続けに飲み、私はずっと早口で喋り続けた。あなたとの距離はたったの五十センチ、しかし私はぐずぐずと近づけないでいた。「平気よ、こういうのっていいわね。あなたにちょっと会いに来ただけだから」私は言った。

おそらく私が先にあなたを抱きしめたのだと思う。体が当たって触れた瞬間、私たちの心の中で時間をかけて育てて来た多くの感情と欲望がすべて一気に炸裂した。あなたは私の肩に顔をうずめて、泣き出した。

あなたが怖がっているのがわかった。私も怖かった。運命づけられたあれほど明白なものが本当に訪れた時、人は往々にして大いに慌て戸惑ってしまう。悲しみをかかえる者同士、お互いをもっと悲しくさせるのではないか？　私たちにはわからなかった。

やがて私たちは抵抗をやめた。長い間待ってみて、拒絶できないのを知ったからだ。ただ、私たちはこんなにすばらしいものだとは思いもよらなかった。この世に生まれて来たのは再会のこの時を待つためだけのようだった。一生分の愛情を全部お互いの手の中に差し出して、これら全部が決して二人別々の勝手な想像ではなかったのだと証明する時の到来をひたすら待っていたのだ。

あなたが私の体の中にいる。どこか美しい場所に足を踏み入れたように、目を閉じて、溺れ酔いしれた表情をしている。それはどんな所？　私を連れて行ってちょうだい、そこに何があるのか知りたい。

ベッドの上で絡み合っていると、オーディオからビル・エヴァンスのワルツ・フォー・デビイが聞こえてくる。大好きなビル・エヴァンスの曲が、この時私たちの会話のかわりをしていた。

いつも行きつく果てがないほど互いを貪欲にむさぼり合いながら、どこで止まればいいのかわからなかった。会話をして抱き合ってキスをしてセックスをする、あるいはこうしたいくつかの動作が完全に混じり合い見分けがつかなくなっている。いったい何日たったのだろう？　もう何万年もこうして絡み合っている気がする。なぜだか頭がおかしくなりそうなくらい、まったく止めようがない。毎回、今度こそ少し冷静になれるはずだと思うのに、むしろもっと激しく深い所へ昇って行き、ときどき私たちは呼吸が止まりそうになった。

見つめ、向かい合っていると、目の最も深い所に、雲の波のような記憶がむくむくと湧き上がって来た。私はとぎれとぎれに昔のことを話した。言葉や文字では正確に形容できないので、しばらく脇に追いやると、反対にぴったりと私について来たのは、私の影だった。あなたにそれが見えるのだろうか？　あなたは身をかがめて私の影を拾い上げ、用心深く手の平に載せた。するとあなたの指は透明に変わり、影は薄いトンボの羽のように、両手の上で上下に揺れた。あなたは手を上げて口元まで持って行き、口を開けて、影を口に含み、飲み込んでしまった。

私が狂っているのではない、狂っているのはこの世界だとあなたは言う。それは、わかっている。でもこんな狂気の中に閉じ込められている女の子はどうすればいい？　大人になる前にぺちゃんこにされて、思い出の分厚い本の中に挟まれている。あなたは私を理解して、優しく私の体のすみずみまでキスをして、荒々しく私を占領した。強い力があなたの指先から流れ出て枯れて乾いた私の体に注ぎ込まれた。

私は愛情を信じないけれどもあなたを信じる。こんな時に出会ったのはきっと意味があるはずだから。私たちはあの文字を恐れていた。それならそれを口にしないでおこう。私たちはしっかり互いを繋ぎ合わせて一つの丸い輪を作り、時間を取り囲んですべてがここに留まるようにした。

母がそばで泣いていた。「大きくなって、私の手に負えなくなった」いったい少女は何を言ったのか、少女が口ごたえをして母親と口喧嘩を始めた。

「あの子が、私のことを母親じゃないって言うのよ。私があの子たちを育てなかったって」母はひどく悲しそうに泣いていた。少女が横に立っていると、目の前に巨大な穴がぽっかりと開いて、部屋じゅうの服が穴に落ちて行き、店の客もそこに飲み込まれて行くような気がした。少女はゆっくりと歩きながら、いっさいがっさい、何もかも全部転がり落ちてしまえばいい、そう思った。両手を絞るようにもみながら、どうして自分にあんな恐ろしい言葉が言えたのかわからなかった。何が起こったのだろう？　母が部屋に駆け込んで荷物をまとめようとした。「私を母親だと認めないなら、やっぱり出て行った方がよさそうね」父が母の手を引っぱって抑え、少女に謝るように言った。「早く母さんに謝るんだ」少女の胸の中には無数の声があった。ごめんなさい、もちろんごめんなさい、母さんに嫌味な言葉を言っていいはずがない、でももう言ってしまった。言葉は彎刀〔刀身に反りのある刀〕を投げつけたようにまた少女の体の上に戻って来て、心を突き刺した。わざとじゃなかった、少女は口ごもった。母さんが嫌いなのではなく、まだ慣れないだけなのだ。どうすればいい？

まだ田舎にいた時、家の中はいつも散らかってめちゃくちゃだった。少女は上手に片づけ物ができる子どもではなかった。母はおらず、父はいつも忙しく、弟や妹はまだ小さかった。一階の応接間には商品が部屋いっぱいに積まれ、二階は両親の寝室で、彼ら一家はみなこの大きな部屋の中で生活していた。どこもかしこも服の山だった。洗濯しなければならない物、洗濯ずみの物、手を通した物、まだ着ていない物、大人の物子どもの物、シャツやズボンや靴下が床じゅうに散乱していた。それに弟のおもちゃ、妹のカバン、授業で使う教科書、どんな物もあって然るべき所になかった。少女は何度もこの混乱した局面を打開しようと試みたが、そのたびに徒労に終わった。どこから片づけ始めてよいかわからないのだ。おそらく彼女自身の頭の中で、きれいに片づいた、一つの家族が生活するのに適した家がどんな物か、想像できなかったからかもしれない。

ときどき夜中に目が覚めて、父がまだ帰っていないと、三階に通じる階段を見つめながらぐっと目に力を入れることがあった。三階は見捨てられた場所で、そこには誰もお参りしない祖先の位牌が祭ってあった。前方に大きなベランダがあり、洗濯機と物干し竿が置かれていた。以前録音テープを売っていた時、雨に濡れて湿った録音テープをそこに並べて日に干した覚えがある。少女は三階に通じる階段が怖くてたまらなかった。彼女はいつも想像していた。彼らが失った家庭生活が実は三階のあの見捨てられた部屋でとりおこなわれていて、彼女が順調にその階段を上って行くことができれば、すぐにでもすでに失ってしまった美しい時を取り戻せるのではないかと。だがそのたった数十段の狭い階段を通り抜けることができなかった。階段のカーブした所に深くはまって、何か真っ暗なものにすうっと飲み込まれてしまい、二度と這い出せなくなるかもしれない。誰も見つけ出せない所に閉じ込められ、一人ぼっちにされて、大声で助けを求めても声は届かず、そこから出られなくなるかもしれなかった。

中学三年の時に田舎から豊原に越して行き、あの古い家を離れた。初め露店を出すのに場所を借りていたトタン屋根の家の家主がそこを正式な店舗に建て替えて貸し出すことにした。家賃は一度に数倍にはね上がったが、長年商売を営んでそこに固定の客ができ名前も知られていたので、両親は隣の革靴屋をやっていた伯父と店舗を共同で借り、小さな服飾店を開くことにしたのだ。母も越してきて住むようになった。その後、両家が仲たがいしてからは店をベニヤ板で二間に分け、少女の家はようやく独立した服飾店を持ったのだった。細長い店のスペースは狭くて、服を掛けるハンガーラックが店内をいっぱいに埋め尽くし騎楼まではみ出していた。露店をやるのが習慣になってしまったのか、開いていたのは服飾店だったが、店の中の雰囲気はやはり露店と同じで、至る所服であふれかえり、騎楼にはみ出た場所には平台を並べて叩き売り用の服を置き、警察が来ると例によって慌てて露店を片づけて、「歩道を占有した」という赤いカードを切られないようにした。店舗の奥は上下二階に分かれ、上は小さな屋根裏部屋で、その下の空間に小型冷蔵庫、鉄のテーブル、テレビを置いて応接間にしていた。裏に小さな浴室があり、隅の鉄製の階段を上って行くと、屋根裏部屋になった。そこは非常に狭い長方形の空間で、広さは三坪に満たず、高さは一メートル六十しかなかった。手前の大きなベッドは両親が使い、後方にシングルの二段ベッドを置いて、少女と妹が上のベッドに、弟は下に寝た。その間の窓側の所には小さな机があったので、通路部分は体を横にして割り込ませるような格好をしないと通ることができず、背が高い人がまっすぐ立つと頭が屋根に当たった。父は大工だったことがあり、もとは家具作りと内装をやっていたので、この小さな空間を一通り何でも揃うように設計した。誰が見ても不思議だと言い、子どもサイズのミニチュアハウスにそっくりだった。これより前、少女は弟や妹と一緒に田舎に住み、母は台中に、父は忙しくなると豊原と潭子のそれぞれの売り場に寝泊まりして、一家はばらばらに分かれて住んでいた。ようやくのことで自分の店を持ったのだから、家族が再び揃うのなら、ウサギ小屋のように小さくても、彼らは一家全員がその小さな屋根裏部屋で窮屈に暮らす方を望んだのだった。

屋根裏部屋はあまりに狭かったので、少女はしょっちゅう窓を開けて隣の家の屋根の上に這い出し新鮮な空気を吸った。妹は窓の台の所でいろいろな植物を栽培していた。階下は常にどうしようもないほど騒がしく、店が忙しくなると両親はすぐに上がって来て彼女を呼んだ。その頃彼女はちょうど学校の勉強が忙しくて、いつも翌日模擬試験がある科目の教科書を手に持ち、読みながら客の応対を手伝った。ある時など勉強が終わらないので泣き出してしまい、降りて行こうとしなかったところ、ひどく叱られてしまった。「お前は何を食べて大きくなったと思っている？」彼らはきまってこう大声で叱責した。がみがみ叱る声が喧噪にかき消され、少女は頭がぼうっとして来て、いったい何が起こったのかと思う。慌てて教科書をつかんで人ごみの方へ走りながら、「明日、模擬試験があるのよ」と少女は小さな声でつぶやいたが、誰も聞こえた人はいなかった。

少女は覚えている。店舗に引っ越して住むようになった最初の夜、彼女は非常に興奮していた。小さな屋根裏部屋いっぱいに段ボール箱が積まれていた。妹と一緒に封を開け、品物を一つ一つ置くべき場所に置いて、両親が寝る大きなスプリングベッドに横になった。新しく買ったシーツは空色で、小さな貝殻や星座の図が描かれていて、柔らかくていい香りがした。弟はおもちゃの戦車を抱えて隅の方でマンガを見ていた。子どもでさえ狭苦しいと感じたけれども、しかし明日は母が帰って来る。どうして今日ではないのかしら？　わからない。たくさん処理しなければならないことがあるようだった。大丈夫、明日、明日になったら、母が戻って来て彼らと住むようになる。これは絶対に間違いないことだ。

父が下から彼女を大声で呼んだ。八時過ぎ、店の客が増え始めたに違いない。少女は机の上にあった水のボトルの蓋を開けて、カップに水を注いだ。下に降りたら父に喉を潤してもらおう、少女は片手にカップを持って、屋根裏部屋に繋がっている鉄の階段を降りて行った。十数段しかない短い階段だったが、少女がせっかちに早く進んだため、うっかり足を滑らせて転がり落ちてしまった。

たいしたことはなかったけれど、ただびっくりして、右肘に少し痛みを感じた。父と手伝いのおばさんが駆けつけた。何人か客もやって来て、みんなで彼女を取り囲んだ。「手に怪我してるぞ」誰かが大声で叫んだ。父が少女の右手を引き寄せ、この時初めて彼女は自分の腕の皮が裂け、傷口がぱっくり開いているのに気づいた。新しく作った鉄の階段の先端に鋭利な切り口があり、父が職人を呼んでやすりをかけさせようと話していた矢先のことだった。まさか娘が階段から落ちてその切り口で腕を切り裂こうとは想像もしていなかった。

父が彼女をかかえて走った。復興路の端から端まで走り、媽祖廟を通り過ぎて、中正路の英外科診療所に着いた。少女は靴を履く間もなく、泣いている時間もなかった。彼女はすでに中学三年に進級していて、大きな子どもだったのに、父はなんと彼女を抱いてこんなに長い距離を走ったのだ。

彼の袖、胸元には少女の血の跡がついていた。

　そうだった、大慌てで何本もの通りを走り抜けて彼女を急診に連れて行ったのは父だった。手術を終えた彼女が店に戻るのにゆっくり歩いてつき添ったのも父だった。いくつも、彼女は覚えている、中学一年になったばかりの頃、父は彼女のために弁当を作ってくれた。ご飯もおかずもそんなにおいしいとは言えない弁当だったけれども、彼女はさもおいしそうに食べたものだ。彼女は覚えている、その後台所に立つ時間がなくなると、父は毎日車で昼ごはんを届けてくれた。一度などは父の車が道を横切る時に、バイクに乗っていた人をはねたことがあった。大きな激しい音がしたので学校にいる人たちを驚かせ、クラスの生徒たちは二階の教室から顔を出してすべてを目撃した。

「〇〇〇、お前の父さんの車が人をはねたぞ」その時彼女はどんなにうろたえたことか。

　なぜこうなるのだろう。なぜ美しい記憶に、たまらなく恐ろしい部分が混ざってしまうのだろう。彼女は実際には両親に本気でかわいがられたことのある子どもだったのではないか？　きっとそうだ。母は家を出た後も、毎年六月の彼女の誕生日には、必ずわざわざ台中から戻って来て誕生日を祝ってくれた。びっくりするほど値段が高いアイスクリームのデコレーションケーキを買い、さらに自転車も買ってくれた。まだまだある。母は分割払いで家の経済状態ではそもそも無理なピアノまで買ってくれたのだ。それはただ音楽の先生が、彼女は生まれつき才能のある子だと言っただけだったのに。少女は当時なんてわがままだったのだろう。ピアノのお金は母にどれだけ辛い仕事をさせて得た物であったか、そしてそのお金をもし借金の返済に使っていたら、家族はその分、苦労を減らせたはずだった。多くの出来事が声を上げながら彼女の耳元に迫る。辛かった部分ばかり覚えていてはいけない、自分をみじめな子どもだとみなしてはいけない、おまえは忘れたのか？　忘れたのか？　辛かったことはすべて去ったのに、なぜまだこうして自分を苦しめて放さないのだ。母がもうすぐ帰って来る。一家が再び揃うのだ、複雑で難解な過去は全部捨てて、人生を初めからやり直してもいいじゃないか。

　傷口がかなり大きかったせいか、それとも医者の技術が悪かったのか、二十数針も縫い、ひと月あまり包帯をしてようやく抜糸したが、これより後少女の腕には長さ十センチ、幅一センチの大きな跡が残ってしまった。針の跡がくっきりと残り、一匹のムカデが腕を這っているみたいで、冬に乾燥して寒くなると絶えず皮がむけ、雨の日はだるく痛んだ。

　母が家に帰って来るのを待っていたあの夜のことをまだ覚えている。温かい大きなベッドに横になって、彼女は待っていた。病院から戻り、混乱が収まり、包帯をした腕を曲げたまま胸の前に吊るして。夜が更け、明日は学校に行かねばならないのに、なかなか寝つけなかった。麻酔が切れた後のにぶい痛みがあった。小さな木製の二段ベッドには、弟が下で熟睡していて、彼女が妹と寝ている上段は天井から一メートルも離れていなかった。起きる時に気をつけないと頭をぶつけてしまいそうだ。できたばかりの屋根裏部屋はよそよそしく、どこもペンキの匂いがした。狭い空間、ここがこれからの家になるのだ。あの十数年住んだ古い家に別れを告げるのに、彼女は少しも辛くなかった。ただこれからは毎日乗物に乗って通学しなければならなくなるのが面倒だと思っただけだ。実家の家具は運び出さないで、必要な衣服や日用品だけを持って来た。その家はもう過去の記憶の博物館に変わってしまったのだろうか。玄関を閉め、人に言えないすべての秘密を、暗くてじめじめした家の中に鍵をかけて閉じ込めた。誰も探りに行く人はいないだろうし、彼女たちも開けに行こうとはしない。

そう、長い時間が過ぎ去り、とうとう離れたのだ。その家の二階は両親の部屋だったが、母が家を出て行った後は三人の子どもと父親が一緒に寝ていた。ベッドの側の床まで届く二枚の窓ガラスは模様が違っていた。そのうちの一枚を少女が割ってしまい、新しくつけ替えた時に同じ模様彫りのすりガラスが見つからなかったのだ。その時少女の右腕に新月の形の傷跡が残り、大量の血が流れた。しかし手術はしなかった。どうしてだろう？　みんなは彼女がベッドの上で遊びに夢中になり乱暴に跳び跳ねたりしたので、不注意で転んで窓を突き破ったのだと思っていた。少女は答えを知っている。その時、彼女はわざとその窓にぶつかって割ったのだ。なぜ？

彼女は窓ガラスに映った自分の影を見た。分裂して追い出された自分自身のようで、本物より健康で美しい自分だった。かつて彼女が持ったことのある真実の姿をずっと保存しておきたかったのに、その子はどんどん遠ざかり、止められない速さでガラス窓を突き抜け、知らない所に飛んで行った。少女は大きな声で叫んだ、だめ、行っちゃだめ、見失ったら連れ戻せなくなる、待って、待ってよ、走らないで。

その情景は彼女をひどく怖がらせた。少女はその子を捕まえようとした。見失ったらもう二度と見つからないような気がして、あせるあまりスプリングベッドから力いっぱい跳ねてそれにぶつかって行った。粉々に割れた窓ガラスが手の平と服を切り裂いた。痛みは感じなかった。感じたのはただ喪失感だけだった。その子を失ってしまった。あたり一面に砕け落ちたきらきら光るガラスの破片が、今にも狂い出しそうな彼女を照らし出し、小さな、無数の跳ねるガラスの破片が体のまわりに飛び散って、彼女はすでに空虚の中に墜ちていた。

こういう恐ろしいことは考えないようにしよう。みんな過ぎたことだ。母がもうすぐ帰って来る。少女は時間を数えてみた。あと十数時間後、母はきっと午後には帰る。それなら学校が終わったらすぐに母に会えることになる。ここは狭くて台所がないから母は晩ご飯が作れない。母が作る料理の味がどんなだったか覚えていない。でもかまわない、セルフサービスの店で食べればいい。五年あまりがたち、彼女はとうに小学校を終え、中学に上がり、もうすぐ高校受験だ。母がいない日々に慣れてしまって、母と一緒に住むのがどんな感覚なのか忘れてしまったが、ついに彼女も母がいる子になるのだ。母が帰って来さえすれば、やっと、本当の子どもに変わることができて、自分にはふさわしくない役割を演じ続ける必要はなくなる、そうでしょう？　そうなの？　少女はわからなかった。悪夢は一夜にして消えるものなのだろうか。悪夢は腕の傷跡のように、いつまでも彼女の体にしっかり吸いついて、幸福が実現する前に、彼女はもう破壊された人間なのだと、いろいろな形で彼女に思い起こさせるのではないだろうか。

弟と妹が歓声を上げている。「母さんが帰って来た！」彼女は包帯を巻いた痛くてだるい右腕をさすりながら、階段のそばまで歩いて行き、一段一段ゆっくり降りて行った。

夜が明けた時、

あなたは私の胸の中で静かに眠っていた。
あなたの寝顔を見ていると、
あなたの目の中の星が、
ふっくら丸い幸福なカーブを描き、
静まりかえった部屋の中で、
夢があなたのきらきら光るまつ毛の下に潜り込む。

あなたが目を開けると、
私の目はすべてあなたになった。

今までずっと、
私はあなたを見て来た、
どんどん落ちて行くのに、
まだあなたの名前を口に出せない、
あなたの名前は深く私の心の中に刻まれ、
雪が落ちるようにすべてを飲み込んだ、
口を開きさえすれば、

不思議にも震えて溶けてしまうのに。

記憶の一番深いところは海、
大きな陽光のかたまりが海面を打ち、
静かで豊穣な美しさをたたえ、
目を凝らしていると遠くから寄せ来る波の音が聞こえる、
それは心の鼓動、
愛の告白。

あなたは手紙の中でこう書いていた。夕方六時、メールを開けてこれらの言葉を受け取ると、私は胸をどきどきさせながら、何回も読み返した。明け方あなたを見送ったばかりだ。ベッドに戻ると、掛け布団や枕にあなたの匂いが残っていた。濃厚でかぐわしい匂い。振り向いて窓の外を見ると相変わらず薄暗く、湿っぽくてひんやりした空模様だ。だが私は悲しくならず、何日も続く長雨に、今度は発病しなかった。

あなたが話してくれた物語がまだ耳の中でこだましている。私はキーを叩いて長い間延び延びになっていた小説の続きを書いた。こうして一字一字書きとめていると、永遠に完成しない家を建てているみたいだ。こちらを建てるとあちらを壊し、やっとのことで壁を築けば、すぐにまた窓を撤去するので、常に無数の穴や裂け目ができて埋めようがない。私はこれらを描写できる正確な言葉をなくしていた。

薄暗い家、狭い路地のような細長い店、間に合わせで作った古いオート三輪、雨が降るたびに焼き切ってしまわないよう慌てて消した電球、服を包装するビニール袋がこすれる音、何列も服を吊るしているハンガーラック、昼夜の別もない忙しさ、眠れない夜、砕けた悪夢。私はとぎれとぎれに語り続けた。あなたが知っている私はこんな感じだろうか。

あなたが私の背中を優しく撫でていたのを覚えている。私の背中と腰の間の線はあなたが一番好きな所で、あなたは指で軽くゆっくりなぞりながら場所を決めて、そこをキスで一つ一つ覆っていった。あなたのやわらかな唇が曲線にそってゆっくり移動する。こんな時、私はあなたが言うように自分が美しいと思える気がした。

それから愛を口にした。その言葉は、あなたは私を見ながら、私はあなたを見ながら、何回言っても飽きなかったが、どうしても信じられなくて何度も凝視する。それを愛というなら、愛なのだろう。そうでないはずがないけれど、なぜこうなれたのだろう。

初めてアメリカに行った時の写真をあなたに見せた。それまで写真を撮るのが嫌いだった私は友達に要求されてこの時はたくさん撮った。一冊、一冊、アルバムをめくりながら、私は当時の自分を見ていた。肩まで届く長い髪、ふっくらしてつやのある顔、あんなに輝いて笑っている。それがつい二年前のことだとは信じられないくらいだ。それからまたアメリカに行った。その時の写真は一枚も現像していない。戻って来た時、たった一晩ですっかり年をとってしまったように、両頬はげっそりとやつれ、額と目じりに細かい皺ができていた。楽しい笑顔もここで消えた。

私はその時に関する記憶にはまったく触れようとしなかった。後に小説を書いてその頃のことを描写したが自分を開いているわけではなかった。その後、恋愛をし、何かを証明しようとするみたいに必死に努力したが、まだ自分を閉ざしたままだった。また一人になり、相変わらずこの物語を書き続け、それからあなたがやって来た。

年をとったなあと思う。老けるのがなんて早いのだろう。単に年齢のせいではなく、人生のあらゆるエッセンスが全部抜き取られたように、私がアメリカから持ち帰ったのはただの抜け殻だった。もちろん愛情のせいだけではない、私が失ったのは希望だった。

そしてあなたに出会った。不思議なことに私はあなたにとめどなく自分を開いて行った。

六時半に会う約束した。「変わった名前のレストランにあなたを連れてってあげる。私たち、おとなしくてお行儀のいいデートをしましょう」あなたが手紙にこう書いていたので、私は奇麗な洋服を着て、バスに乗り地下鉄に乗り換えて、あなたに会いに行った。

レストランで、私たちはお互い相手に飛び込んでしまいたい熱い気持ちを抑えて、おとなしいお行儀のいいデートを試しにやってみた。やり始めるとなかなか難しかった。レストランの中で、二つの手が絡み合うのを止められず、テーブルの下では我慢できずに足を寄せ、またすぐに慌てて離し、目でキスを交わす。こんなおかしなことはやめようと言ってとにかくたくさん話をした。ところが自分が何を話しているのかわからなくなってしまい、今度はひたすらうつむいて食べ物を食べ、飲み物を飲んだ。うっかり顔を上げて相手を見てしまうと、頭がくらくらして混乱してしまう。私は大きなグラスの、なんと氷のシャーベットが入ったマルガリータを飲んで笑い出しそうになった。こんな子どもじみた調合法って見たことがない。でもあなたがずっと私を見つめているので批評する頭が働かない。うつむいてお酒を飲んでいても、やはりあなたの視線を感じる。

それは何なのだろう？　愛と情欲が混ざり合い、神秘をたたえ、破裂しそうなくらい満ち満ちていて、お酒を飲まなくても私たちは酔えた。あなたが手を伸ばして私の顔を撫で、私が口を開けてあなたの指を口に含む。指は滑るように動き、毎回私の中に深く入る時のように、私がきつくあなたを包み込んでいても、あなたの動きは止まらない。

あなたが私の字が好きだと言うので、さっそくペンで紙の上に一つのお話を書いてあげた。長くパソコンを使っているので、あやうく字が書けなくなるところだった。ボールペンを握る右手がだんだん疲れてだるくなって来る。でも私は一字一字書いた。口に出せない、私自身でさえ知らないことが、あなたにはわかるのだろうか。私は一つのお話を書いていた。あの少女のこと、そして、雲のユニコーンのこと。あなたが私について知っていることはいつも私自身よりずっと多い。それなら今まで一つずつ話してきた物語を聞いて、あなたは何がわかったかしら。私は、あなたがそっぽを向いて遠くに離れていくべき人間だろうか？　ならばまだ間に合う、早く逃げて。

最初、愛情がまだ生まれていなかった頃。

少女は顔を上げて空をじっと見つめていた。三月、空はまだ冷たくて、雲がいくつか浮かび、少しまばらな陰影があった。陰影は彼女の心の中にあった。道行く人はみんな空に何か浮かんでいるのかと思い、一緒に顔を上げたが、空には漂う雲と不動の青空があるだけだった。その後みんなは頭を横に振りながら行ってしまった。少女のそばを大勢の人が通り過ぎ、残ったのは汚れた足跡だけだった。

少女は自分が何を探しているのかわかっていたが、それは秘密で口には出せなかった。毎日午後、少女はきまって街角のここに来て空を見上げた。

ある日、少女に一つの雲が見えた。雲は角をはやしていた。小さな角がついていて、真っ白で温かく、柔らかで、触れてみると綿菓子のようだった。長い間待っていたのはこれだったのだ。雲のユニコーン、少女は小さな声で「ここに来て」とつぶやくように言った。ユニコーンが少女に大きな声で言った。「怖がらなくていいよ、ゆっくり行くからね」動物はそう言い、声も口調も優しかったけれども、少女は少し怖かった。

その動物は優しかった。少女は小さな手を伸ばして角を触り、たくさんのことを思い出した。なんて不思議なの。手の平で丸い角を覆っているのに、手の平を突き抜けるように、隠していた多くの秘密がどんどん流れ出た。

なぜ？　少女は独り言を言った。

僕は君の記憶だからさ。ユニコーンは言った。

もし何も考えなかったら痛くなくなるんじゃないかしら？　それなら考えないことにするわ。少女は思った、どんなに頭の中でいろいろなことを考えていようとも、頭を大きく振って追い払えばいい、天気はいいし、きっと大丈夫だ。ちょうどこうやって道を歩いて、家に帰る途中でユニコーンに出会った。だからこれは彼女のものだ。その動物はのろのろと歩きながら、おとなしく少女の後について来た。春のように、少女はスカートを履いて、足に鈴を付けていた。リンリンリン、人々が道を開けた。動物の顔が恐ろしかったからだ。だが少女は自分のせいだと思い、人々が嫌がるのは彼女のみすぼらしい身なりと汚れて悪臭をはなっている体だと思った。しかし実は人々が恐れていたのは自分自身だった。なぜならユニコーンの顔は一枚の鏡で、映し出される醜さは人々の内心に潜む秘密だったからだ。


私たちどこに行くの？　少女は尋ねた。

君の夢の中だよ。動物は言った。

そこが始まりの場所だからね。悪夢でも大丈夫、僕が君を守ってあげる。


少女の腕にトーテムがあった。少女がボールペンで書いたものだ。

怖い時、泣きたい時、少女はボールペンで体にいつも絵を描いた。ボールペンの先が、軽くそっと、微かに皮膚を刺す。体が一枚のまだら模様の画用紙のように見えた。そこに何が描かれているのかしら？

もしこうしていなかったら、きっとナイフを使っていたかもしれない。少女は言った。

動物は言った。これからは僕の体に描きなさい。ナイフでもいい。僕の皮は厚くて、それに血もほんの少ししか出ないから。

あなたに痛いことはできないわ。少女は言った。

動物の前足をきつく抱きしめると、なんだか泥土と青草の匂いがした。雲でできているんじゃないの？　なぜたくさんまだら模様がある道を歩くの？

なぜって僕はずっと君の後をついて歩いているからさ。君と一緒にいろんな所に行ったよ。

これが、僕が存在している目的。動物は言った、僕の存在は君に自分を傷つけないようにさせること。

もし眠れなかったらどうする？　少女は言った。そこに人を食べる怪物がいるの。

動物は重々しくうなずいた。僕の胸の中においで。僕がしっかり君を抱きしめてあげるから。

僕は明け方まで君のそばにいてあげるよ。


暑くなってくると、ユニコーンの角が溶け始めた。少女は知らなかった。来る日も来る日も彼女は動物を連れて夢の深部を歩いていた。そこはとても暗く深く暑かった。

動物は自分を犠牲にした。

不公平だわ。少女は動物のだんだん溶けていく角を見ながら、大声で叫んだ。

動物は言った。これが愛情だよ。僕が犠牲にするのはたった一本の角だけれど、得た物は全世界なのだから。

私たち、どうすればいい？　少女は地べたに座って泣いた。溶け出した角を両手で持っていると、柔らかく雪が溶けるように、少女の手の平に溜まって小さな湖になった。

僕はどこにも行かないよ。角が溶けたら僕は人間に変わり、ずっと君のお供ができるようになる。動物は言った。

真っ暗な夜、角をなくしたユニコーンと、一人の痩せっぽちの小さな女の子は、手を繋いで、静かに夜が明けるのを待った。

あなたを待っている時、この部屋にいるのが、昨日のことのようでも、今この時のようでもあった。私は急に不安を覚えた。愛に身を投じる楽しみや喜びがまたたく間に未来への恐れに変わり、私を幸せにするものが私にそれを破壊させようともする、こんなことがあるのだろうか？　私にはわからない。

過去のことのように、現在のことのように、あなたが来るのを待っている。あなたは来ないかもしれない。もう二度と花を持って会いに来ることはないかもしれない。すばらしい愛情が突然現われ、突然消えて行くのに、私は慣れてしまって、今ちょうど適応する練習をしているところだ。私はいつもこうなるのを恐れた。いったん切実にひたすら何かを追い求めようとすると、その人は私から遠ざかってしまう。あなたを信じないのではない。私が信じないのは運命だ。

いつだって気軽に私のことを愛させてしまう。両手を前に差し出して、手の平を開けば、すぐに誰かが愛情を捧げてくれるみたいに。私が微笑んで頷きさえすれば、すぐに誰かが私のそばにやって来て「私にあなたの世話をさせて」と言うみたいに。

でも私は信じない。

ただ楽しみや幸福が私と無縁なのが怖かった。私の目はいつもほかの人には見えない所を見ていて、どこに身を置いても落ちつかず不安を覚えた。なんとなく置き場所を間違えられたみたいで、人が私のことを何が何でも寵愛するのは、彼らが私の秘密に気づいていないからではないかと思った。

だが、本当は私に秘密はなく、秘密が私を所有していた。私の許可を得ないで、私の存在に取って代わっていた。


ドアのチャイムの鳴る音が聞こえた。あなただ。分厚いドアを隔ててあなたの心臓の鼓動を感じた。頬をひんやりしたドアにつけると、大粒の涙がぽろぽろとこぼれて私の頬を濡らした。あなたが来た。いつかあなたも離れて行く日が来るかもしれない。私は愛情がどんなふうにやって来てどんなふうに消えて行くのか知らないけれども、来るべきものは来て去るべきものは去るということは知っている。時に身を任せて私をあなたの方に向かわせよう。小さな紙の船が送り届けてくれたあなたはどんな便りを携えて来たのだろう？　その日、私はあんまり嬉しくて、あなたに電話をかけてしまった。家の債務の解決方法が見つかったらしいのだ。もちろん、これですべてが楽になるとはいかないまでも、確かに人生の転機が訪れたのだった。その時私はようやく、自分が本当に長い間気楽に笑っていなかったことに気づいた。頬はこんなに日ごとにやつれて、ずっとくたくたに疲れていた。

あなたが来た。なぜだか私はうろたえた。あなたが口を開いて、「ごめんなさい、私まだ準備ができていないの」と言いそうな気がした。

当初私がそうやってアメリカから戻って来たのだった。これは私がもう二度と耳にしたくない台詞だ。もしどうしても言わなければならないなら、どうか別の方法に変えてほしい。あるいはただ、「ごめんなさい」と言うだけで、私はすぐにわかる。

自分で怯えながら、その思いが頭の中を駆け巡り野獣のように暴れまわった。もはや自分の手に負えなくなって、それであなたを愛してしまったのかもしれない。私がわかっているのはこうだ。閉ざされていた心は開かれたけれども、そこは非常に脆くて、まだ完全に治癒していなかった。そのため底知れぬ恐怖の想像の中に沈んでしまい、アメリカを離れる時に私の心は捨て去られ、持ち帰ったのはもう私自身ではなかった。

でもあなたはなぜそんなに優しいのだろう。

なぜ私が抵抗のしようがない形で現れ、そしてまたあんなに私を大切にしてくれるのだろう？あなたは私が説明できないことを理解できた。終始私のそばにいてあの一つ一つの絶望的な昼夜を経験したかのようだった。私のことがわかっていて、私もあなたのことがわかっている。口にするとなんとも俗っぽくて、笑われそうなくらいロマンチックだ。私は自分が不完全な人間なのを知っている。真っ暗な夜、雨が降っている時、ひいては花々が咲き乱れ春の陽気がすべてをすばらしく見せる時でさえ、どうにも制御できない憂鬱に襲われ、底知れぬ暗黒に包囲されてしまう。どれだけ時間をかければ過去の束縛から抜け出せるのか、いつになったら健康になれるのか、私にはわからない。

このドアを開ければ、すぐあなたを見ることができる。それがあなただとわかっている。私はあなたの手を引いて、胸に抱きよせ、一言も言葉を交わさずただ静かにあなたと抱き合うだろう。

時を刻んで回転する時計の針のように多くの記憶が行き交い、時計のガラスの上にあなたの顔が映っている。その美しく野性的な顔はもう私の胸の中に刻まれていて、あなたがまだ開けていないドアの向こう側にいても、私には見える。もうすぐあなたとともにひらりとやって来る、私たちの物語。

何度もあなたは私の眉間に長く深いキスを残した。口に出せないさまざまなことが、そこから私の胸の中に伝わって来て、私もあなたの眉間に一つの記号を刻んだ。それなら今晩は、あなたが私にキスをしに来たのだろうか？　ドアの外に立っているあなたはとてもきれいで、神秘的で深遠な目がどうやって私を陥落させるのか想像できる。私はわかっている。ドアを開けると、あなたは私を抱きしめ、壁の隅に押しつけて狂ったようにキスをするだろう。あなたが固く目を閉じて夢中になっている表情が見える。それからあなたは顔を上げて、両手で私の顔を捧げるように持ち、いつまでも、じっと見つめる。私をまるごと飲み込んでしまいそうなまなざしをして、長く伸ばしたおかっぱの髪が揺れ動き、私を古くて深い幻の世界にゆらゆらと誘う。

この時、私は涙で顔を濡らし、あなたは戸口の所で中の様子を窺っていた。私はドアの鍵をあけ、その後じっとしていた。

静かに、ドアノブが回る音がした。

小さな通りにたくさんの食べ物屋がひしめく夜市を通り抜けてあなたの家に来た。一階の部分が、古いけれども広くて明るい店になっていて、遠くからでもすぐに、不思議なくらいきれいで若々しいあなたのお母さんがそこで客の応対をしているのが見えた。左側は小さな火鍋を作る調理台で、落ち着いてはにかみがちにキャベツを切り、火鍋の材料を小さな鍋に入れている男の子があなたの弟だ。それから洗い場を手伝っているおばさん。この人たちのことはあなたが話してくれたことがあるので、以前から見知っている気がした。右手のかき氷や雪花氷〔アイスクリームのように柔らかなかき氷〕を売っている部分はまだ営業を始めていなかった。店の中はもう八割がた客で埋まり、それぞれのテーブルには小さな鍋が一つか二つ、熱々の湯気を立てて並び、店内のいい香りが外まであふれ出ていた。いつの間にかお腹がすいて来て、私たちは客のように腰を下ろしたけれど、まだ食べ始めてもいないのに私の顔が赤くなった。きっと部屋の中の熱気が気温を上げているのだ。「今日のあなたの服、すごく上品。親に挨拶をするから特別におしゃれしたの?」あなたは微笑んで私をからかった。「まさか、私はいつもこうよ」弁解していたけれども、私の顔はさらに熱くなった。あなたが私の格好を見るので恥ずかしかった。

「以前あなたの家の服飾店もこんな夜市の中にあったの?」とあなたは私に尋ねた。「同じじゃないわ。ここは軽食を売る夜市だけれど、私の家が店を開いていた復興路はいろんな衣服を売るので有名だった。豊原で一番よく名前が知られていた軽食を売る夜市は廟東と言って、そこの臭豆腐、蚵仔煎〔牡蠣のオムレツ〕、肉圓〔肉入り餅。米粉と片栗粉を練った皮で豚肉を包み揚げたり蒸したりした物〕、それに清水街の排骨酥麺〔スペアリブ入りそば〕は最高においしくて、各地から観光客が食べに来ていたわ」私は言いながら、豊原の媽祖廟の周辺はどの通りもびっくりするくらい場所代が高く、廟東の軽食街も同様だったのを思い出していた。休日になると大勢の人の波で足を動かさなくても自然に前に進むほどで、どの店に入るか見定めたら、早目に曲がる準備をしなければならなかった。さもないと後ろの人に押されて通り過ぎてしまい入れなくなる。ずいぶん長いこと豊原に帰っていない。景気が悪くなってからもまだあの頃のように賑やかだろうか？

あなたは二か所の壁面に取り付けた大型のガラスのショーケースを指さして私に見せた。私たちが座っているテーブルは壁にぴったりついていて、そのうちの一つのショーケースはすぐ右の上方にあった。顔を上げるとケースの中に急須が数十個並べられているのがよく見えた。大きさや形がそれぞれ異なり、どれもお茶をたっぷり吸って色合いが豊かでつやつや光っていた。「みんな私の父さんが集めた物なの。長い時間をかけて急須の手入れをしていたわ」あなたは言った。私はあなたが父親のことをいろいろ話すのを聞くのが好きだ。あなたの父親は腕がよくて、さまざまな種類の料理を作ることができ、以前店の商売がうまく行っていた時はカレーや寿司を売っていたこともあり、客が長蛇の列をなして隣家の騎楼まで伸びていたとか、優しい性格の持ち主で、子どもをとてもかわいがり、麗しい花のような妻を濃やかに愛したことなど。あなたが言うには、彼はある期間ごとに一つの収集に熱中したそうで、たとえば目の前のこれらの急須がそうだった。彼が亡くなって数年たってもまだこうして壁のケースの中で淡いお茶の香りを漂わせていた。

火鍋を食べ終わると、あなたは私を連れて隣の家に行き、そこから傾斜が急な狭い階段を上って、二階のあなたが以前住んでいた所、あなたの実家に案内した。

「ここはすごく変な部屋なのよ、見てもびっくりしないでね」何度もあなたはこう言った。私はついにあなたが育った場所を見に行こうとしている。

あなたは古い木のドアを開けて私を中へ導いた。目に入って来たのはおびただしい数のドアだった。一瞬何か錯覚をして、ドアばかりの出口のない場所に来たのかと思ってしまった。横長の広い応接間、天井の造りは特に凝っていて、以前私の実家で父が自分で造った木の天井板のように、円く弧を描き、縁は丁寧に薄い木の皮が貼られ、角の部分はどこも丸く滑らかにされていた。両側の壁にはそれぞれ酒を並べる大型の木製戸棚があった。我が家はその後改築したが、一つ大きな酒用の戸棚はまだ残っていて、一段ごとにいろいろな酒や装飾品を並べていた。だが目の前で私が見ている二つの戸棚はどれも暗い色のガラスがはめられ、歳月の流れのせいで色がさらに濃くなっていたので、中に何が入っているのかはっきり見えなかった。「散らかってて、どこも片づいてないの」とあなたは言った。私はあちこち見て歩いた。なじみのあるものばかりで、自分の家に帰ったようだった。配置や飾りつけは異なっていたが、似通った匂いがした。

ここには、姿が消えてもなお離れようとしない多くの思い出が保存されていた。過去の繁栄と喜びが日一日と衰退し崩れて朽ちて行った過程が保存されていた。しかし本当に破壊されたのではなく、ある時刻に突然静止して、そこに止まったまま、前に進むことも、後に戻ることもできないでいた。

時間が凍結してしまった家。

その家は、隣合わせになっている二棟のマンションの二階部分に通路を作って連結し、通路の部分は大部屋になっていたが、全体の間取りがきわめて風変わりだった。両親の寝室を除くと、これだけ大きな家なのに「まっとうな部屋」は一つもなかった。どの部屋も繋がっていて、その上どれも簡単な間仕切りをしているだけで、上の部分は完全にふさがれていなかった。通路の途中を二枚の板で区切って壁にしてこれを一つの部屋にみなし、こんな変な間取りをした、しかもどの部屋にも通じている部屋が六、七室あり、行ったり来たりしているといつの間にか迷宮に入り込んだような気分になった。もし私一人で来たら、永遠に出口が見つからず下に降りられなくなるかもしれない。

なぜこんな変わった家の建て方をしたのか知らないが、あなたにあんなにたくさん「抜けた」ところがあるのは、あるいはこのせいかしらと思ってしまう。

迷宮のような古い家、壁にはすでに亡くなった身内の写真が何枚も掛かっていた。あなたの祖父、祖母、それに父親。あなたが前に話してくれた過去のさまざまな出来事、短い間にどのように彼らを次々に失ったかなど、あなたの人生のエピソードを私はこの家に来る前から熟知していた。あなたの父親の写真の前に立った。私は彼がどんなに優しくて風変わりな人だったか想像できた。親しげな顔が私の目の前にあり、私は彼を見つめながら、心の中で黙って言葉を交わした。

私は言った。

おじさん、お会いできて嬉しいです。

私は女で、頭が少しおかしな女の子ですが、でも、どうか彼女を私に託してください。これからは私がちゃんとお世話します。

どうか安心してください。

私は話し続けた。この静かでやや薄暗く古めかしい部屋の片隅には、父親がどこからか買って来たとあなたが話していた、いろいろな種類の中古の家電が積まれ、古い骨董品の戸棚の引き出しには、どれも家族の物語がいっぱい隠れていた。あなたは家に戻って来るたびに、いつもそこで箪笥や箱をひっくり返して見ていたのだろう。こちらには一枚の写真、あそこには一冊の読書メモ、下の方には何枚か筆跡があちこちかすれた秘密史料、ある引き出しには父親直筆のあなたたちへ宛てた手紙が入っていた。さらにたくさんの、あなたがまだ知らない、あなたが気づくのを待っている物があった。あなたが話してくれた物語を私はこの小説に描き込むことはできない。それは私が自分の物語を完全に最初から最後まで一度に語ることができないのと同じだ。その間には常にあまりに多くの不鮮明な空白があり、はたして私たちが解釈権を持って自分勝手に書いていいのかどうか判断できないものがいくつもあった。しかし私たちは互いに深く理解し合っていた。私があんなに多くの時間をかけて記憶を訪ね歩き繋ぎ合わせてこの小説を完成させた過程に、実はあなたがずっとつき添ってくれていたような気がした。あなたは小説を読み終えた後に手紙をくれた。

夜、書斎で
小さなスタンドをつける
とても静かな夜
あなたの小説を取り出してベッドに座って読んでいると
猫がみんな駆け寄って来た
二匹は絨毯の上にねそべり
もう一匹は私のそばで丸くなっている

読んでいるとあの大通りや路地が目に見えるようだ
呼び売りをしている人たちの顔
あなたの足取り、あなたの目
みんな私がよく知っているものばかり
カセット式の録音テープ、サーカス、くじ引き菓子、くじ引き飴、龍袍を着て紹子麺を呼び売
りしている阿誠
みんなよく知っている
あなたの文字が一本の橋に変わり
一文字一文字私の目を通りぬけて行く
どの文字もそれぞれ一つ秘密の記憶を持っていて

私とあなたの記憶が一本に繋がる

早朝五時
小鳥がみんな目を覚まし
静寂を通り抜けて朝食店の音と匂いが一つ一つ伝わって来る
静寂の中で大通りの空気が少しずつ目を覚ます
一日の始まりだ
今こそあなたを連れて遠くへ行こう

猫が目を覚ました
窓の前まで走って行ってぽかんとしている
あなたの物語を聞き終えると
もう七時になっていた
太陽の光が、万物を一番深いところから甦らせようとするように
広く厚くなる
あなたの文字が一つ一つ私に付き添い
私の目の中にある記憶の最も深い海の上に
ひそかに雨のようなさらさらとした光を降り注ぐ

あなたはこうして私に一晩じゅう話をした
早朝
今あなたは何をしているのだろう
橋の一方の端で眠っているあなたは実はこんなに安らかに私のそばにいる

確かにこんな気持ちだ。あなたが私の小説を読んで感じた親しみと深い理解を、私もこの時味わっていた。あなたが生まれ育った場所を歩いて回りながら私はあなたを思い浮かべた。あなたがこの家の中で行ったり来たりする様子を想像し、あなたがどのように一人の少女から私に激しく恋い慕わせる今の姿に成長したかを想像した。あなたのそばにいてあげられなかった出会う前の無数の日々が突然私の目の前に押し寄せた。

私は泣き出した。

あなたは数々の不意の悲しみを経験しているのに、なぜこんなに優しくなれるのだろう。あふれる感情が私を満たす。言葉や文字では伝えられないものが、この家の鍵の掛かっていないすべてのドアを通り抜けて、私に向かって開かれた。私はあなたの悲しみを悲しみ、あなたがまだ口にしていない傷を慈しみ、私自身の辛い記憶をそれに繋げた。あなたの優しさが私の胸を打ったその時に、私はかつて放棄した世界と和解できそうな予感がした。人生の中の痛みに耐えかねた昼と夜、ずっと抜け出すことのできなかった形のない傷、どうしても絶えず私を逃避させた家族、私はこれらすべてと和解したいと思った。

突然、薄暗い家の中の開け放たれたどの部屋からも光が漏れ出て、あなたの顔を照らした。私はあなたの光る顔をじっと見つめながら、海の音を聞いた。

抱きしめ合っている私たちの体に向かって波が次々に押し寄せ、温かくしっとりと私たちを覆った。


ゆらゆら揺れる海の波の中で、はっきりとその頃の日々が見えた。夕方に何度も、あなたはバスに乗って新店から秀朗橋を越え中和にある私の家まで来た。深夜か早朝に何度も、あなたはタクシーで中和から秀朗橋を越え新店の家に戻って行った。こんなふうに橋の両側を行き来することを、もっとずっと前にも、あなたはこの橋の上でしていたはずだ。これまでに離れたことも消えたこともなかったように、行ったり来たり往復していた。私は橋のこちら側にいて、あなたは橋の向こう側にいた。愛情はこの行ったり来たりの往復の中でしだいに形になって行った。私の涙があふれてひとすじの小さな川に変わる。それはキノコのような小さな家がひしめく橋の下の、流れが止まりかけた黒々とした川だ。この時、あなたの無数の足跡が残る小さな通りを、肩を並べて通り過ぎ、あなたが育った古い家の中で抱き合うと、周囲の景色が逆巻くように舞い上がり、遥か遠くの過去に戻って行った。二つの賑やかな市場が繋がって一本のどこまでも続く長い回廊になり、間に一本の狭い小さな橋がかかっている。あなたがカバンを背負って軽食屋から出て来て、向かいの通りに水煎包〔焼き肉まん〕を買いに行こうとしている。私は三つ編みをして手押し車を押しながら橋の上で録音テープを呼び売りしている。あなたが橋の向こう側から来て、私が橋のこちら側から歩いて行く。

私たちは橋の真ん中で立ち止まった。

相手を見た。

橋全体が巨大な揺り籠のように揺れ出して、あなたと私を相手の胸の中に押しやった。

そう、まさにここだ。騒々しい人ごみを通り過ぎ、雑多な匂いが混じる軽食の屋台を通り過ぎ、孤独を通り過ぎ、悲しみを通り過ぎ、想像を通り過ぎる。午後を通り過ぎ、黄昏を通り過ぎ、深夜を通り過ぎ、早朝を通り過ぎて、頻繁に行き交う歩みが一曲の長い歌になる。しっかり抱き合っている二人の子どもは、出会ったその時にお互いを守ろうと心に決めた。

この橋の上で。

（完）

訳者解説　陳雪『橋の上の子ども』——作家とその作品

一　陳雪とその作品

本書で訳出した陳雪『橋の上の子ども』（二〇〇四年、印刻出版）は、作家の故郷である台湾台中での少女時代の思い出を、今では台湾の観光名物にもなっている夜市で暮らす家族の風景をとおして描いたものである。『橋の上の子ども』は、二〇〇四年度《中国時報》の十大良書「中文創作類」大賞に選ばれて高い評価を受けた作品で、その翌年に発表された『陳春天』（二〇〇五年）および『悪魔つき』（二〇〇九年）と合わせて半自伝体小説三部作を構成している。

陳雪の本名は陳雅令で、一九七〇年生まれ。処女作「天使が失くした翼をさがして」（一九九四）は、国立中央大学中国文学科在学中に書き上げていたものを、本書の中でも触れられているように、卒業後定職につかず同性の恋人と服を売る露店商をしていた頃に発表したもので、邦訳は拙訳で『小説集新郎新〝夫〟』（作品社、二〇〇九年）に収録されている。「天使が失くした翼をさがして」の内容は、女性作家の草草がある日バーで妖しい魅力をもつ阿蘇という名前の美しい女性と知り合い、肉体関係を持つ。阿蘇の励ましを受けて草草は「天使が失くした翼をさがして」という題の小説を書き始め、父が事故死した後に売春婦になり娘の成長を見届けて自殺した母への愛憎を描いたこの作品が完成した時、阿蘇は忽然と姿を消す、という話である。母の助けが一番欲しかった時にそれが得られず生前ずっと母を軽蔑してきた草草は、夢の世界と現実の世界が交差する中で母の化身である阿蘇と交わることでようやく母を理解し母を許すことができたのである。母親の性にまつわることが原因で歯車が狂ってしまった母と娘の関係修復に、陳雪は疑似的な母娘の近親相姦という危うさを付加し、レズビアン体験によってそれを乗り越えようとしているかにみえる。この母の売春と母娘の確執というテーマは『橋の上の子ども』にも通底音のように流れており、次作の『陳春天』においてようやく一つの区切りがつけられるが、陳雪にとって自己のアイデンティティの確立に母との関係は非常に重要な位置を占めている。だが、一部の研究者が陳雪のこうした傾向をマザーコンプレックスの表れだと言ったり、作品中の同性愛の描写にのみ関心を注ぐことに彼女は強く反発し、台湾文学研究者の邱貴芬のインタビューにおいて次のように語っている。

実を言えば私は自分が書いているのが同性愛文学にあたるとは知りませんでした。確かに同性愛は私とは非常に直接的な関係がありますが、一つの題材にすぎません。小説を書き始めた時、私はまず情慾を書き、それから母と娘を書きました。……私が書いているのはマザーコンプレックスではなくて、母娘の近親相姦です。……私にとって母娘の近親相姦は同性愛の一種であり、もし母と娘の間に情愛があれば、それは一種のレズビアンだと思っています。母と娘の間には憎しみもあるでしょうが、私が言っているのは女と女の関係のことで、母娘関係は全ての関係の始まりだと思うのです。一人の女の視点でみれば、人は母と娘の役割を演じることから始まっています。たとえば、今私は母親ではありませんが、でも私は誰かの心の中では母親になれます。私の考えでは、母娘関

係は必ずしも女性と女性の間にだけ存在するのではなく、女と男の間でも母娘関係は生じると思うのです」(邱貴芬　一九九八年)

最後の部分はやや分かりにくいかもしれないが、陳雪の説明によれば、男性が女性の身体に夢中になるのは、その身体部分を自分のものにしたいからであり、男性は母親やその他の女性との身体の接触によって自身の性別を反転させ自分が女になった状態を想像するのだという。だから女と男の間にも母娘関係が生じるのだと言うのだ。抽象的な意味で、女はみなレズビアンだという言葉は聞いたことがあるが、男女の関係も含めてレズビアンだというのは陳雪らしいセクシュアリティのとらえ方である。彼女の作品に性の流動性が強く表現され、女としての自己形成の原点にセクシュアリティを見据えているところなどはこのような認識によっているのかもしれない。手法も反リアリズムの幻想的な情景を通して女たちの多元的な性愛の可能性を捉えたものが多い。

話を彼女の作品に戻そう。処女作「天使が失くした翼をさがして」を含む初めての短編集『悪女の書』(皇冠叢書)が翌年の一九九五年に刊行されると、陳雪はセクシュアリティの不確定性を重視するクィア作家として一躍有名になり、その後ほぼ毎年一冊の割合で作品を発表している。長編では『悪魔の娘』(一九九九年)、『愛情酒店』(二〇〇二年)、『誰も知らない私』(二〇〇六年)、中・短編集には『夢遊　一九九四』(一九九六年。この中の「蝴蝶の記号」は「蝴蝶」と題して映画化された)、『鬼手』(二〇〇三年)などがあり、この他に散文集など数冊を出版している。これらにはレズビアン、バイセクシュアル、近親相姦(兄妹、母子など)など多様な性が描かれているが、このような作品群を書いて来た陳雪が、処女作から一〇年後の二〇〇四年に本書『橋の上の子ども』を発表して、台湾の下層社会で生きる人々を生き生きと描いてみせた時、周囲の人々は驚きをもって受け止め、あらためて陳雪の作家としての力量に高い評価をあたえたのだった。

雑誌『印刻文学生活誌』(二〇〇六年一〇月)で陳雪特集が組まれた時、陳雪は本書執筆の動機を、同じクィア作家の紀大偉との対談で次のように語っている。

初期の私の小説の中に外在的な事物の描写が少なかったのは、故意に自分が生活している環境を避け、それらを小説に書きこみたくなかったからです。……『橋の上の子ども』になってようやく、まだ鮮明に覚えているのですが、二か月ほどアメリカに滞在した時にこの小説を書き始めたのですが、その感覚はとても自然で、自分の物語ではなくて、私の子供時代に見たさまざまな出来事が台湾から遥か遠く離れた所で浮かび上がって来たのです。その後まるまる三年をかけて、その間に『愛情酒店』も書いたりしましたが、ようやくこの小説を書き終えることができました。小説を書くという意味がすでに違って来たことが自分自身よくわかりました。私はさらにはっきりと自分がなぜと書くのかを知るようになったのです。……『悪女の書』を書いた頃、それと自分との間に距離があるような感じがありました。結局は小説なのだからという思いがあって、私は後ろに隠れていることができました。しかし私は自分が文学の方法で処理していない何かをずっと抱えている気がしていました。それは私の子供時代、家庭、成長の背景でした。

このように、『橋の上の子ども』は陳雪の創作群の中で一つの大きな転換点にある作品であり、これまでの「自分語り」のスタイルが、この頃から質的な変化を見せ始めたことを示している。その後、翌年に発表した『陳春天』では弟の交通事故をきっかけに再び家族の中に強引に引き戻された主人公の陳春天が、弟や妹が彼女の記憶とは全く異なる家族の思い出を語るのに愕然として記憶の再構築を迫られる姿を描き、『悪魔つき』においては『橋の上の子ども』でかすかに触れるにとどまっていた父からの性的被害が大きくとり上げられ、家族の関係性の修復が語られている。これらの作品は、処女作以来のテーマである自己の存在をいかに定義するかが引き続きその主題となっているが、『橋の上の子ども』において自身や家族の郷土経験を語り始めたことは、作家の陳雪が他者との関係性や自身のポジショナリティ（立場性）に対する思索を深めて行ったことを意味し、このことが夜市と同じように自身もまた複数の相矛盾するアイデンティティを併せ持つマイノリティであるという自覚に繋がって行ったのではないかと思われる。

二　『橋の上の子ども』――夜市の風景

台湾文学は九〇年代にフェミニズム文学やセクシュアル・マイノリティ文学が大量に生まれて一大ブームを引き起こし、陳雪もその中で有名になった一人である。そして二〇〇〇年以降、この時期に活躍した作家たちが少しずつ文壇から姿を消して行くなかで、陳雪はコンスタントに作品を書き続け、さらに二〇〇四年に四人のベテラン女性作家が同時期に優れた郷土文学を発表したとして注目を集めた時、この『橋の上の子ども』がその中に入っていたのである。他の三作品は、陳玉慧『海神家族』（印刻）、李昂『姿を見せた幽霊』（聯合文学）、および前年一二月に刊行された施叔青『洛津を過ぎる』（時報出版）であり、この四人の女性作家たちは偶然にもみな台中の出身で、『橋の上の子ども』は神岡郷と豊原、『海神家族』は大雅郷、李昂と施叔青姉妹の作品は鹿港、というふうに作家自身の故郷が主な舞台になっている。近年の台湾意識の深化と地方意識の高まりを背景に、台湾文学においては今もなお郷土創作は関心を集めるジャンルであり続けており、『橋の上の子ども』は新たな女性の郷土想像を表現したものとしても読まれている。

陳雪の小説は、小説の主人公と作者の経歴がよく似ているために、しばしば読者から小説と実体験の関係を問われるらしいが、彼女はそのたびにあくまでフィクションであると答えている。『橋の上の子ども』は半自伝体小説であり、多くの部分が陳雪自身の体験に基づいているとはいえ、やはりここでも「陳雪の小説世界」として読み、以下そのあらすじと本小説の主要な舞台となっている夜市について紹介したい。

ストーリーは、主人公の少女時代、中学三年までの故郷での生活を少女の視線で描いた部分と、すでに作家になっている「私」の視点で、これらの少女時代の記憶を反すうしながら、大学卒業後から現在に至る自身の恋愛体験を交えて家族を語る部分から構成されている。少女が小学校三年生のころ、一家はある事情で借金を抱え、豊原の夜市に露店を出して借金返済の生活が始まる。少女も露店を手伝い、途中で母が家を出たために家事や妹弟の世話も彼女の肩にのしかかる。だが、彼女の少女時代の不幸は貧しさだけではなかった。母が家を出て売春をしていることが村の噂になり冷たい視線が浴びせられたこと、また、母が不在の中で父親から性的被害を受けたことは誰にも語れない記憶として少女の心の奥深くにしまわれたままだった。少女はこうした現実を受け止めることができず、日々の辛い生活から逃避する手段としていつしか空想好きな少女に成長して行く。高校受験の準備をしていた頃、家の借金の問題が片づいて夜市の一角に固定の店を構え、母も帰って来た。しかし少女の不眠や悪夢は成人した後も続き、現実社会において対人関係をうまく築くことができず、大学卒業後はさまざまなアルバイトをしながら小説を書いていた。ある日、高校時代に心を寄せた同性の友人と再会したことから、二人で露店を始め、さらに両親の資金援助で時計の卸業を始めるが、再び少女時代と同じような借金返済の生活に陥ってしまう。そして思うように小説執筆の時間が取れず、恋人との関係もうまく行かなくなると仕事からも恋人からも逃避していく。その後、ようやく自分と同じように夜市で育った年下の女性と出会い愛情を確信できるようになった主人公は彼女との新しい生活を始める決意をする。

物語は、都市で暮らすようになった主人公が自身の記憶の曖昧な箇所、空白な部分を埋めるために、記憶の中にある夜市の風景を複数の恋人に語りかけるスタイルで展開する。八〇年代経済成長期の台湾で、地方都市の田舎にも急激な商品経済の波は押し寄せていたが、少女の両親はその波に乗ろうとして失敗を繰り返し借金地獄に落ちていた。台湾の夜市に関する歴史的状況について少し紹介すると、戦後の国民党政府の夜市に関する政策は「取り締まり」と「指導」の間で揺れ続け、そのために社会の露店商に対する印象も常に矛盾を含んだものであり続けて来たという。政府の露店商に対する政策は、終戦から一九七四年までは、管理規則が定められ登録制度を設けたが、実際には主として政治・思想の取り締まりを目的とした書籍販売に限られ、露天商の存在自体に対してはほぼ完全な放任の態度をとっていた。というのも、戦後台湾に移民してきた人々の就業問題の解決に露店商の存在は大いに役立っていたからである。続く七四年から八〇年の間は、特に道路交通管理の面から露天商の取り締まりが強化され、資格も貧困者及び身体障害者に限って与えられるようになり、一種の社会福祉の意味合いを持っていたが、一方で、政府は露天商の存在は一時的な現象だとみなし、将来国民所得が一定の水準に達すれば、自然に消滅するだろうという楽観的な態度をとったため、実際には無許可の露天商の活動を放任し続けていた。また、夜市は台湾経済の歴史からみると、絶えず商品の更新をはかる現代経済の活性化の役割を果たし、流行遅れの商品や返品、キズもの、在庫品など二級品や処分品を回収して商品を全島隅々まで行き渉らせていた。さらに加えて、政府は営業許可を持たない工場の存在を放任していたため、そこで生産される廉価な製品を売りさばく役目も夜市が果たすようになり、露天商は伝統市場と資本主義経済体系の間の橋渡しの位置を占める、当時の台湾経済には不可欠な存在でもあった。ところがその後、露天商は政府の予想に反して増加の一途をたどり、八〇年代以降、露天商の存在は公共秩序（環境・衛生・交通）を乱す都市の深刻な社会問題となっただけでなく、一般商店との競合が激化し始める。そこで政府は民間業者からの不満と圧力に答えるために、再び無許可の移動露店商の取り締まりを強化し始め、夜市はこの頃のマスコミの報道によって時代遅れ、反進歩的、不当な商売の場としてのイメージが定着して行った。

『橋の上の子ども』の冒頭部分は、ちょうど取り締まりが一時的に厳しくなった八〇年代初めのことで、少女の両親は台中豊原の繁華街にある復興路の橋の両端で海賊版の各種録音テープを売る無許可の移動露天商だった。そのうえ夜市が開かれる場所は流動的であり、露天商は人気が陰ればすぐに別の場所へと移動する不安定な生活を強いられていた。主人公にとって故郷とは、小学校低学年のころ一家揃って住んでいた神岡と、固定の店を構えるまで移動露天商だった両親について転々とした豊原の町であり、人も場所も移動と消失を繰り返す、流動的な場であった。成人した主人公が台北の町で何度も引っ越しを繰り返し、仕事をいくつも変え、現実と空想の中を揺れ動き、さらに故郷のことを小説に書こうとするとプロットが複雑にからまり合い、時間の順序も混乱して一つのストーリーにまとまらないのは、おそらくこうした郷土経験と無関係ではないだろう。

夜市の規制は八〇年代中期以降再び緩んだものの、その後も「取り締まり」と「指導」の間を揺れ動きながら今日に至っており、近年では夜市は都市化の傾向を強め、台湾を代表する観光名物にもなっている。二〇〇八年の行政院の調査によれば、露天商の数はこの二〇年間で約三〇％増加し、学歴も高学歴化が進んでいるという。

ところで、『橋の上の子ども』には、リアリズムの手法による夜市の描写とは対照的に、恋人との関係を描く部分は、時間も空間も絶えず交差し具体的ではない。主に登場するのは、冒頭に登場するアメリカ在住の男性の恋人と、西門町でデートした年下の同性の恋人、高校の同級生で五年間ほど主人公と夜市や時計の卸業を一緒にした最初の同性の恋人、そして自分とよく似た過去を持ちともに生きて行く決意をする同性の恋人の四人だが、主人公がこの恋人たちにしばしば故郷の物語を（体験談もあれば作り話もあるが）語っているのは興味深い。つまり、主人公の恋愛もまた故郷を語り故郷を追体験するなかで成立するものであるからだ。

陳雪の小説は処女作以来、長い時間をかけた精神治癒の過程を示している。『橋の上の子ども』に至って、母や父に関する記憶を再構築し、さらに恋人の過去の記憶と自分自身の辛い記憶を繫いで、他者と記憶を共有できるようになった時、つまりこれら混乱した記憶を整理し、今現在の自分を肯定することができるようになった時、主人公はようやく故郷や家族との関係修復の契機を得たのだと言えよう。

三　陳雪とのインタビュー

二〇一〇年五月四日、訳者が客員教授として出張していた国立台湾大学のそばの喫茶店で作家の陳雪氏に初めてお会いした。小説の主人公によく似た、小柄で腕がほっそりした女性だった。一時間の予定で始めたインタビューだったが、こちらが用意した質問の他に、現在の台湾文学や日本の文学の現状のことにまで話が及び、気がついた時にはあっという間に三時間が経っていた。特に印象深かったのは、彼女は自分が何かにカテゴリー化されるのをとても嫌っていたことで、たとえば女性作家、同性愛作家、郷土作家など何かの呼称を冠せられるのを嫌い、さらに創作、社会活動、日常生活、セクシュアリティなどすべてにわたって変化や流動性を強調したことだった。陳雪はアイデンティティを、単一なものでも統一されたものでもなく、たえず変化するプロセスとしてとらえ、その複合性・多元性を重視しているように見うけられた。こうしたアイデンティティのとらえ方をするのは陳雪ひとりではないが、それをことさら意識するのが常に存在証明を強迫的に必要とされる少数者やディアスポラ知識人の特徴であるとするならば、陳雪の夜市の郷土経験は、彼女のアイデンティティ概念の形成に想像以上の大きな影響を与えているのかもしれないと思われた。

本書の翻訳に関することでは、「あなた」という四人の恋人の性別について次のような説明があった。

研究者の間ではこの恋人は四人ともすべて女性（つまりレズビアンの関係）だと思われているようだが、実はそうではなく、最初に登場するアメリカに住む恋人は男性なのだという。このような誤解が生じた原因は、原稿では「あなた」の中国語が、アメリカ在住の恋人は「你」、他の三人は女性の二人称「妳」になっていたのを、出版社側がすべて「你」に変えてしまったために、性別が特定しにくくなったからではないかとのことだった（中国大陸では男女を問わず二人称単数は「你」だが、台湾では男性は「你」、女性は「妳」と性別によって使い分けをする人が多い）。よって本書は陳雪の要望を入れて、アメリカ在住の恋人は男性として訳した。中国語には日本語のような性別による言葉遣いの違いが基本的にないことと、陳雪の作品にはレズビアンが多く登場することが重なって、思わぬところで混乱が生じた一幕だった。

陳雪は一昨年、体調を崩して創作を中断していたそうだが、現在はこの体験に基づいて、人が突然大病を患った時の人生観の変化を盛り込んだ小説を執筆中とのことである。予想外のテーマだったので訳者が一瞬戸惑った表情をすると、彼女はにこりとして、もちろんセクシュアリティのことも含む「陳雪式」の小説ですよ、と付け加えてくれた。

最後に、本書の日本語訳に際しては作家の松浦理英子氏の懇切丁寧な助言をいただいた。台湾でも中国語訳のある『親指Pの修行時代』以来すっかり松浦理英子ファンになっていた訳者にとっては望外の幸せだった。このような機会を与えてくださった女流文学者会の関係者の方々に心から感謝したい。

二〇一一年四月　白水紀子

参考文献

邱貴芬「陳雪」『(不)同国女人聒噪――訪談当代台湾女性作家』(元尊文化　一九九八年)
劉亮雅「郷土想像的新貌――陳雪的〈橋上的子供〉〈陳春天〉里的地方・性別・記憶」《中外文学》三十七巻一期(二〇〇八年三月)
白水紀子「台湾女性文学における郷土想像――陳雪「橋上的孩子」を中心に」《日本中国学会報》第六十二集(二〇一〇年十月)
白水紀子編『小説集　新郎新〝夫〟』(台湾セクシュアル・マイノリティ文学シリーズ第三巻、作品社、二〇〇九年)

本書は、日本女流文学者会からの助成を得て、出版するものです。

【著者】陳雪（チェン　シュエ）
本名は陳雅令。1970年台湾台中生まれ。国立中央大学中文系卒。最初の作品集『悪女の書』（1995年）は夜市で服の販売をするかたわら創作されたもので、クィア小説として注目を集めた。主な著書には長編『悪魔の娘』『愛情酒店』『誰も知らない私』、短編集『夢遊　1994』（収録作品「蝴蝶の記号」は2004年に映画化された）など。邦訳に「天使が失くした翼をさがして」（『新郎新“夫”』作品社、2009年に収録）がある。

【訳者】白水紀子（しろうず　のりこ）
1953年福岡県出身。東京大学大学院修了後、1986年より横浜国立大学勤務。現在横浜国立大学大学院都市イノベーション学府教授。この間に北京日本学研究センター主任教授、国立台湾大学客員教授を歴任。台湾文学の翻訳には『膜』（紀大偉著、作品社、2008年）、主編『新郎新“夫”』（短編集、作品社、2009年）、『女神の島』（陳玉慧著、人文書院、2011年12月刊行予定）などがある。

橋の上の子ども

発　行　2011年11月20日初版第1刷1500部
定　価　2200円＋税
著　者　陳雪
訳　者　白水紀子
装　丁　泉沢儒花（Bit Rabbit）
発行者　北川フラム
発行所　現代企画室
東京都渋谷区桜丘町15-8-204
Tel. 03-3461-5082　Fax 03-3461-5083
e-mail: gendai@jca.apc.org
http://www.jca.apc.org/gendai/
印刷所　中央精版印刷株式会社
ISBN978-4-7738-1115-5 C0097 Y2200E